HELMUT EXNER

AF185719

IM
KALTEN
TAL

HARZKRIMI

Bibliografische Information der Deutschen Nationalbibliothek
Die Deutsche Nationalbibliothek verzeichnet diese Publikation in der Deutschen Nationalbibliografie; detaillierte bibliografische Daten sind im Internet über **http://dnb.d-nb.de** abrufbar.

Im Kalten Tal

ISBN 978-3-947167-67-8

Dieser Titel ist auch als eBook erhältlich
in den Formaten ePub und Kindle.

Abbildungsnachweise:

Umschlagmotiv © andreiuc88
390525841 | shutterstock.com

Porträt Helmut Exner © Ania Schulz
as-fotografie.com

Lektorat:
Sascha Exner

Druck:
Frick Kreativbüro & Onlinedruckerei e.K., Krumbach

Verlag:
EPV Elektronik-Praktiker-Verlagsgesellschaft mbH
Obertorstr. 33 · 37115 Duderstadt · Deutschland
Fon: +49 (0)5527/8405-0 · Fax: +49 (0)5527/8405-21
E-Mail: mail@harzkrimis.de

IM KALTEN TAL

Ein paar Worte vorweg

Die pensionierte Oberstudienrätin Lilly Höschen besucht ihre Freundin Gretel Kuhfuß in Bad Harzburg, die sich dort in einer Rehaklinik von einer Operation erholt. Den sonst so aktiven Damen ist sterbenslangweilig zwischen all den Kranken und Lahmen, wie Gretel sich auszudrücken pflegt. Also unternehmen sie etwas. Eine große Attraktion des Ortes ist der neue Baumwipfelpfad. Hier werden die beiden Frauen Zeugen eines Verbrechens: Eine Frau, die aussieht wie Angela Merkel, stürzt einen alten Mann über das Geländer in die Tiefe. Doch dies soll nicht das einzige Verbrechen dieser Art bleiben. Unabhängig von der Kriminalpolizei und der furchterregenden Oberstaatsanwältin Cesarine Zicke-Sandelholz ermittelt Lilly Höschen auf eigene Faust. Die Ermittlungen führen tief in die Vergangenheit. Vor vielen Jahren geschah hier schon einmal ein Verbrechen.

1

»Ach, Sie sind Psychologin. Das trifft sich ja gut. In unserer Familie sind auch ziemlich viele plemplem, und mein Bruder ist sogar hochgradig verrückt.«

»Also, ich sehe meine Patienten nicht als plemplem oder verrückt an, sondern als Menschen mit Problemen, bei deren Überwindung ich ihnen zu helfen versuche.«

»Na, da würden Sie bei uns kein Glück haben. Mein Bruder zum Beispiel ist Kleptomane. Was meinen Sie, wie betrübt er wäre, wenn Sie ihm das Klauen abgewöhnen würden?«

»Was stiehlt er denn?«

»Tresore.«

»Tresore? Aber die sind doch ziemlich schwer. Normalerweise nehmen Kleptomanen alles Mögliche. Vor allem Dinge, die nicht so auffallen.«

»Mein Bruder nicht. Er hat sich mal einen Geldschrank von den Mitarbeitern eines Geschäfts auf einen Bollerwagen hieven lassen und sagte, er würde dann gleich wieder hereinkommen, um zu bezahlen. Stattdessen hat er die Flucht ergriffen, samt dem auf dem Bollerwagen befindlichen Panzerschrank. Die Mitarbeiter haben so blöd geguckt, dass sie zuerst gar nicht auf die Idee kamen, ihn daran zu hindern. Das Problem war nur, dass die Straße abschüssig war und mein Bruder fast von dem Wagen mit dem schweren Geldschrank überrollt wurde. Er musste ihn schließlich loslassen, und er rollte die Straße hinunter, bis er von der Mauer eines Hauses gestoppt wurde. Der Geldschrank landete im Schaufenster eines Geschäfts für Damenwäsche. Die Scheibe war natürlich in tausend Stücke zerborsten.«

Die Frau, die diese Anekdote aus dem Leben ihres Bruders erzählte, war Anfang achtzig, und wie die drei anderen Damen am Tisch, zur Kur in Bad Harzburg. Die Psychologin, eine Frau von Mitte fünfzig, war zur Reha nach einer Knieoperation hier. Die Dritte im Bunde war Gretel Kuhfuß, eine Frau von Anfang siebzig. Mit ihrer neuen Hüfte sollte sie nun drei Wochen in diesem wunderschönen Sanatorium verbringen, was für sie eine Strafe war. Entsprechend übellaunig verhielt sie sich auch. Die Älteste, Gretels Freundin Lilly Höschen, war Mitte achtzig. Sie war nur für eine Woche gekommen, um ihrer Freundin Gretel die Zeit zu vertreiben und sie dazu zu bewegen, die Reha nicht abzubrechen. Denn Gretel hasste es, zwischen lauter Alten und Lahmen ihre Zeit totzuschlagen, wie sie sich ausdrückte. Lilly mochte auch keine Kuren, weshalb sie sich in einem Hotel einquartiert hatte, in dem gar keine Anwendungen angeboten wurden. Die Frauen saßen im Außenbereich eines Cafés am Kurpark. Als sich die Psychologin und die Dame mit dem verrückten Bruder endlich verabschiedeten, sagte Gretel reichlich resigniert:

»Wie soll ich es denn hier noch eine ganze Woche lang aushalten, wenn du nicht mehr da bist? Man ist nur von Leuten umgeben, die sich in allen Einzelheiten über ihre Krankheiten auslassen. Gestern hat mir ein Mann detailgetreu über seine Darmbeschwerden der letzten fünfzig Jahre berichtet und über die diversen Operationen in diesem Bereich. Ich glaube, ich kenne seinen Darm inzwischen besser als die Ärzte. Und dann furzt er auch noch ungeniert und sagt, ein gesunder Darmwind sei so wichtig wie das Atmen. Ich habe ihm natürlich gesagt, wenn wir alle so herumfurzen würden, müssten wir wohl mit Gasmasken herumlaufen. Und zur abendlichen Entspannung kann man sich dann noch einen Vortrag über Inkontinenz anhören.«

Lilly fing schallend an zu lachen und sagte: »Gretel, als ich mal zur Kur war, saß ich mit einer Frau zusammen, die mir über ihre Erlebnisse mit einem Schönheitschirurgen berichtete.

Sie wollte sich das Hinterteil richten lassen, was ihr aber entschieden zu teuer war. Daraufhin meinte der Arzt im Scherz: *Dann lassen Sie sich doch erst mal die eine Arschbacke machen. Und wenn Sie wieder bei Kasse sind, kommt die andere dran.*«

Jetzt war es an Gretel, in Gelächter auszubrechen und Lilly sagte ihrer Freundin zur Beruhigung: »Du hast es ja bald überstanden. Ich bin noch ein paar Tage hier, und danach hast du nur noch eine Woche. Lass uns doch mal etwas unternehmen, als immer nur im Kurpark herumzusitzen. Warst du schon mal auf dem Baumwipfelpfad?«

»Meinst du denn, dass ich das mit meiner neuen Hüfte schon tun sollte?«

»Natürlich, der Eingang ist gleich da drüben. Wir können doch langsam gehen. Du musst ja testen, ob deine neue Hüfte etwas taugt.«

Erbost erwiderte Gretel: »Und wenn sie nichts taugt, und ich nochmal unters Messer muss, bringe ich diesen Arzt eigenhändig um.«

2

Am nächsten Tag absolvierte Gretel nach dem Frühstück pflichtgetreu ihre Anwendungen, während Lilly sich im Thermalbad erholte. Nach dem Mittagessen legten die Frauen dann das kleine Stück zum Eingang des Baumwipfelpfades zurück. Es war heute etwas diesig. Morgens hatte es geregnet. Dementsprechend waren nicht so viele Besucher hier. Als sie schon ein ordentliches Stück über den Wipfeln gegangen waren, sahen sie einen älteren Mann am Geländer lehnen, der gedankenverloren in den Wald schaute. Da tauchte hinter ihm zwischen den Nebelschwaden eine Frau auf.

»Die kenne ich doch«, sagte Gretel.

Die Frau trug ein rotes Jackett und eine elegante, dunkle Hose. Es war eigentlich ungewöhnlich, bei dieser Witterung so herausgeputzt in der Natur herumzulaufen. Eine wetterfeste Jacke und Jeans wären zweckmäßiger gewesen. Als sie etwas näher herankamen, schaute die Frau Lilly und Gretel kurz an, sodass sie ihr Gesicht sehen konnten.

Lilly sagte: »Natürlich kennen wir die. Das ist Angela Merkel. Was macht die denn hier ganz allein?«

Zwei Sekunden später hatte Frau Merkel den Mann am Geländer erreicht, der immer noch in den Wald schaute und offenbar nicht mitbekommen hatte, dass er nicht allein war. Völlig unvermittelt bückte sich Frau Merkel, packte den Mann an den Beinen und bugsierte ihn über das Geländer. Das Ganze dauerte höchstens eine Sekunde. Dann ein kurzer Aufschrei des Mannes. Frau Merkel winkte Lilly und Gretel kurz zu und verschwand eiligen Schrittes in der Gegenrichtung. Eine Nebelschwade machte sie kurz danach unsichtbar. Lilly eilte an die Stelle, wo der Mann heruntergestürzt worden war, und Gretel kam so schnell es ging mit ihren Krücken hinterher. Es war so diesig und neblig heute, dass die beiden Frauen den Mann auf dem Waldboden nicht ausmachen konnten. Sie sahen sich ratlos an, während Lilly ihr Handy aus der Jackentasche zog und den Notruf wählte.

»Hier ist Lilly Höschen. Ich befinde mich auf dem Baumwipfelpfad.«

»In Bad Harzburg?«, fragte die weibliche Stimme am anderen Ende der Leitung.

»Nein, am Strand von Rimini. Natürlich in Bad Harzburg. Ich muss einen Mord melden.«

»Wer wurde ermordet?«

»Ein Mann.«

»Haben Sie den Täter gesehen?«

»Ja, es war Angela Merkel.«

Reichlich verdutzt sagte die Stimme: »Hören Sie, wenn Sie einen Notruf auslösen, um Scherze zu machen, kommt Sie das teuer zu stehen.«

»Also, jetzt hören Sie mal zu! Ich mache keine Scherze. Angela Merkel hat gerade eben einen Mann dreißig Meter in die Tiefe gestürzt. Schicken Sie gefälligst Rettungsdienst und Polizei.«

»Okay. Bitte bleiben Sie, wo Sie sind.«

»Ich denke ja gar nicht dran. Vielleicht kommt die Merkel ja wieder und bringt uns auch noch um.«

Als ein paar andere Besucher aus der Richtung kamen, in die Angela Merkel entschwunden war, fragten Lilly und Gretel, ob sie die Bundeskanzlerin gesehen hätten. Dann kamen weitere Leute aus Richtung des Eingangs. Lilly berichtete allen, was sich zugetragen hatte. So blieben sie dann doch, bis die Polizei eintraf. Niemand außer Gretel und Lilly hatte Angela Merkel gesehen. Ein junger Mann fing an zu kichern, und ein älterer Herr mit bayerischem Akzent meinte gar: »Gehören solche Schauermärchen hier vielleicht zum Schlechtwetterprogramm?«

Schließlich kamen zwei Polizisten in Uniform und erkundigten sich nach Lilly Höschen. Alle anderen Besucher außer Lilly und Gretel wurden gebeten, sich in Richtung Ausgang zu begeben, wo weitere Kollegen sie befragen würden. Der ältere Polizist, der sich als Polizeikommissar Wüstefeld vorstellte, ließ sich von den beiden Frauen beschreiben, was vorgefallen war. Der Jüngere machte Notizen.

»Zeigen Sie mir doch mal, wie Frau Merkel den Mann über das Geländer geworfen haben soll. Ich kann mir schlecht vorstellen, wie eine Frau einen Mann einfach so dreißig Meter abwärts befördert.«

»Dann stellen Sie sich mal dort ans Geländer. Lehnen Sie sich mit den Armen auf und tun Sie so, als wäre ich gar nicht da.«

Der Polizist tat, was Lilly ihm gesagt hatte und dachte im Stillen: *Die Alte spinnt.* Sie wartete ein paar Sekunden und schlich sich von hinten an, ging in die Knie und umschloss mit ihren Armen urplötzlich die Beine des Herrn Wüstefeld, richtete sich auf, und der arme Mann lag, vor Entsetzen schreiend, mit dem Bauch auf dem Geländer, während er mit den Armen ruderte wie ein Ertrinkender. Lilly war selbst erstaunt, mit wie wenig Kraft sie eine doppelt so schwere Person innerhalb einer halben Sekunde hochhieven konnte und dachte sich, dass dies wohl die Hebelwirkung sei, über die sie vor langer Zeit mal etwas im Physikunterricht gehört hatte. Wenn sie ihn jetzt nicht mehr halten konnte, würde er in die Tiefe stürzen. Der junge Polizist ließ seinen Notizblock fallen, hechtete zu seinem Kollegen und half, ihn aus dieser misslichen Position zu befreien.

Wieder auf den Beinen und völlig außer Atem, brüllte Wüstefeld Lilly an: »Wollen Sie mich umbringen? Mich hätte fast der Schlag getroffen. Da kriegt man ja Todesangst! Wenn mein Kollege nicht gewesen wäre, läge ich jetzt da unten.«

»Sie wollten doch, dass ich Ihnen zeige, wie Frau Merkel das gemacht hat. Sie konnten sich das ja nicht vorstellen, wie

Sie eben gerade gesagt haben. So skeptisch, wie Sie gegrinst haben, dachten Sie bestimmt: *Die Alte spinnt.* Dabei braucht man nicht viel Kraft, um das zu tun. Dass man allerdings so wenig Kraft benötigt, hätte ich auch nicht geglaubt. Das ist wohl der Hebelwirkung geschuldet, falls Ihnen das etwas sagt. Es wäre fast schiefgegangen. Dann lägen da unten jetzt zwei Leichen.«

»Haben Sie den Mann am Ende gar selbst da runtergeworfen?«

»Passen Sie auf, was Sie sagen, sonst leihe ich mir eine Krücke von meiner Freundin und ziehe Ihnen eins über, Sie Hilfssheriff für Arme.«

Es entstand ein grober Wortwechsel zwischen den beiden. Dann klingelte das Handy des Polizisten. Es war ein Kollege, der ihn informieren wollte, dass direkt unter ihm, dreißig Meter tiefer, die Leiche eines Mannes gefunden wurde. Die Sanitäter, die ihn begleiteten, hatten nur noch seinen Tod feststellen können. In seiner panischen Angst vor der Tiefe konnte Wüstefeld nicht noch einmal an das Geländer treten, um Sichtkontakt aufzunehmen. Wahrscheinlich würde er bis ans Ende seiner Tage unter Akrophobie leiden wegen dieser verrückten Alten.

Dann stand plötzlich Kriminalhauptkommissar Schneider da. Er war in Begleitung seiner neuen, jungen Kollegin Irina Sammet.

3

Als Gerald Schneider Lilly Höschen sah, hätte er laut loslachen können. Dass er es nicht tat, lag an seiner Disziplin und Höflichkeit. Er war ein Mann in den Fünfzigern, völlig unauffällig, weit entfernt von jedwedem exzessiven Verhalten, in allen Situationen korrekt. Selbst wenn er schlechte Laune hatte, ließ er sich das nicht anmerken. So galt er in seiner Umgebung eher als langweiliger Typ, der sich auch mit kaum jemandem duzte. Lediglich die jüngeren Kollegen, die er mochte, redete er mit Vornamen an. Lilly Höschen war in die meisten seiner schwerwiegenden Fälle, die er je in der Region zu lösen hatte, in irgendeiner Weise verstrickt. Wann immer es einen Mord gab, konnte man darauf wetten, dass irgendwann Lilly Höschen in Erscheinung trat. Diesmal war sie, nach dem, was die Dame vom Notruf ihm gesagt hatte, sogar Tatzeugin. Und neuerdings hatte sie immer diese Frau Kuhfuß im Schlepptau. Lächelnd kam er auf die beiden Frauen zu, um ihnen die Hand zu schütteln: »Hallo, Fräulein Höschen. Guten Tag, Frau Kuhfuß.«

Er stellte ihnen seine neue Mitarbeiterin Irina Sammet vor, die die beiden Damen verschmitzt anlächelte. Dann unterhielt er sich kurz mit Polizist Wüstefeld, der es tunlichst vermied, über den Zwischenfall mit Lilly Höschen zu berichten. Er verabredete mit Schneider, dass er den gesamten Pfad mit seinem Kollegen abgehen würde, und verschwand aus dem Blickfeld. Nun legte Lilly los. Sie erzählte Schneider und seiner Mitarbeiterin in allen Einzelheiten, was passiert war und Gretel Kuhfuß bestätigte jeden Satz mit einem Kopfnicken oder einem kurzen Kommentar. Die Sache mit Frau Merkel kam Schneider allerdings sehr kurios vor und er sagte zu seiner Kollegin:

»Irina, bitte bringen Sie doch mal in Erfahrung, wo sich Frau Merkel gerade aufhält. Und noch etwas: Sagen Sie den Kollegen am Eingang, dass sie sich alle Kennzeichen der Autos notieren, die in der Nähe parken.«

Dann wandte er sich wieder Lilly zu. Als diese ihren Vortrag beendet hatte, kam Polizist Wüstefeld mit seinem Kollegen von seiner Inspektion des Pfades zurück und sagte zu Schneider: »Frau Merkel oder wer auch immer der Täter war, kann den Pfad eigentlich nur über den Ausgang nahe der Geologie-Plattform verlassen haben. Dann ist sie längst über alle Berge.«

Jetzt erhielt Irina einen Anruf und informierte ihren Chef, dass die Bundeskanzlerin heute Morgen nach Brüssel gereist sei. Inzwischen befände sie sich auf dem Rückflug.

»Fräulein Höschen, Frau Kuhfuß, Sie haben gehört, was meine Kollegin gesagt hat. Könnte es sein, dass diese Frau Merkel, die Sie gesehen haben, so eine Art Maske trug? Es gibt ja solche Masken von vielen Prominenten.«

»Das wird es sein«, meinte nun Gretel Kuhfuß. Und Lilly sagte: »Na, hoffen wir mal, dass Helmut Kohl nicht auch noch zum Mörder wird.«

Kommissar Schneider schwante Schlimmes. »Ich denke, wir brauchen Sie vorerst nicht mehr, Fräulein Höschen und Frau Kuhfuß«, sagte er. »Wir wissen ja, wo wir Sie finden, wenn noch Fragen auftauchen. Sollte Ihnen noch etwas einfallen, rufen Sie mich oder Frau Sammet an. Ich gebe Ihnen meine Karte.«

»Oh, das ist nicht nötig,« entgegnete Lilly. »Ihre Nummer habe ich gespeichert. So oft, wie ich mit Ihnen zu tun habe.«

Dann verließen die beiden Damen ganz gemächlich den Tatort.

Auf ihrem Weg zurück zur Rehaklinik schamfutterte Gretel unaufhörlich vor sich hin: »So ein Scheißkram. Als ob die

Hüftoperation nicht schon genug wäre. Dann landet man auch noch in einem Heim für Alte und Lahme, wo man sich den lieben langen Tag lang die Krankheitsgeschichten der Leute anhören muss. Der eine furzt ununterbrochen; dann diese komische Alte mit ihrer plemmerigen Familie und ihrem Geldschränke stehlenden Bruder. Und du schleppst mich über die Baumwipfel, wo prompt die Bundeskanzlerin auftaucht und einen Menschen ins Jenseits befördert. Da soll ein Mensch nicht verrückt werden.«

»Aber dafür kann ich doch nichts«, sagte Lilly ganz erbost. »Ich erzähle dir keine Krankheitsgeschichten, ich furze nicht, und ich werfe niemanden in die Tiefe. Na ja, fast hätte ich es ja doch getan mit diesem komischen Polizisten, wie hieß der noch gleich?«

»Wüstefeld.«

Wieder im Kurpark angelangt, setzen sich beide erst einmal auf eine Bank und fingen fürchterlich an zu lachen. Gretel konnte sich kaum halten und brüllte fast: »Wenn ich mir vorstelle, du hättest diesen Polizisten tatsächlich da runtergeschmissen!«

»Das wäre dann aber eine Art Arbeitsunfall gewesen«, redete Lilly sich heraus.

4

Irina Sammet hatte sich gern nach Goslar versetzen lassen, nachdem ihre Vorgängerin Nina Liebe zum LKA gewechselt war. Sie war jetzt dreißig Jahre alt und hatte zuvor in Lüneburg gearbeitet. Eigentlich wollte sie nach dem exzellenten Abschluss der Polizei-Fachhochschule Sachsen-Anhalt in die Großstadt. Das hätte sie auch gekonnt. In Frankfurt am Main oder in Hamburg hätte man sie genommen. Aber als sie sich nach den Mieten erkundigt hatte, die sie von ihrem Anfangsgehalt hätte berappen müssen, ging sie doch lieber ins beschauliche Lüneburg. Dort lief es auch ganz gut. Aufgrund ihrer Leistungen war sie längst Kriminaloberkommissarin. Und wenn sie ihre große Klappe etwas mehr im Griff gehabt hätte, wäre sie sicherlich bald zur Hauptkommissarin aufgestiegen. Aber nachdem sie einem Staatsanwalt empfohlen hatte, er möge sich doch seine *dilettantischen Ratschläge bitte in den Hintern schieben*, gab es richtig Ärger. Als sie dann beim Kriminaloberrat antanzen musste, hatte sie diesem wiederum den Rat gegeben, *lieber nicht in den Allerwertesten des Staatsanwalts zu kriechen, da dort schon einige Andere feststeckten*. Da kam ihr die Stelle in Goslar ganz gelegen. Mit Gerald Schneider würde es zu solchen Auseinandersetzungen nicht kommen. Außerdem war sie hier näher an ihrem Heimatort Blankenburg auf der anderen Seite des Harzes. Ab und zu mal Eltern und Geschwister zu sehen, hatte auch was. Natürlich würde sie nie zugeben, dass sie in Lüneburg manchmal Heimweh gehabt hatte. Das lag sicherlich auch daran, dass sie nicht schnell Freundschaften schloss. Und einen Mann, mit dem sie gern längere Zeit oder gar den Rest ihres Lebens zusammen sein wollte, hatte sie noch nicht gefunden. Außerdem lehnte sie es kategorisch ab, sich in irgendeiner Weise aufzubrezeln, um Typen auf sich aufmerksam zu machen. Ihr dunkles, struppiges Haar ließ sie sich kurz schneiden, auch wenn sie damit aussah wie ein Junge. An ihrer etwas klein geratenen Figur konnte sie sowieso nichts ändern. Und Klamotten mussten zweckmäßig sein. Wenn ihre Reize nicht ausreichten, einen entsprechenden Mann zu ködern, dann war das eben so. Sie wollte sich nicht anders machen, als sie war.

Gerald Schneider, der freundliche, zugängliche und stets korrekte Chef, der sich als glücklich verheiratet betrachtete und einen halbwüchsigen Sohn hatte, der ihm mehr Freude als Ärger bescherte, hatte an Irina schnell Gefallen gefunden. Sie war eine junge Frau mit analytischem Verstand und Menschenkenntnis. Sie konnte die Dinge auf den Punkt bringen, hatte Mut, Entscheidungen zu treffen, und Durchsetzungskraft. Natürlich würde er sie ab und zu etwas zügeln müssen. Was er wohl nicht würde ändern können, war ihr Hang zum Chaos. Wenn er ihren Schreibtisch sah, wie dort alles durcheinander lag — Akten, Protokolle, Notizen, Computerausdrucke, Fachzeitschriften, Nasenspray, ein Teller mit einem angebissenen Butterbrot — dann hätte er schreien können, was er aber natürlich nicht tat.

»So, Irina, lassen Sie uns mal Zwischenbilanz machen. Was haben wir bis jetzt?«
Die beiden saßen an dem kleinen Besuchertisch in Schneiders Büro mit einer Tasse Kaffee. Es war später Nachmittag geworden.

Irina legte los: »Also, gegen vierzehn Uhr sehen zwei alte Damen, die den Baumwipfelpfad besuchen, wie eine Person, die sie zunächst für Angela Merkel halten, einen alten Mann an den Beinen packt und ihn durch Hochhieven über das Geländer in die Tiefe stürzt. Wir müssen davon ausgehen, dass der Täter/die Täterin eine Merkelmaske und möglicherweise auch eine Perücke getragen hat. Außerdem war die Person so angezogen, wie Merkel in der Öffentlichkeit auftritt. Körperbau: etwa 1,70 groß, vollschlank. Haare dunkelblond, wobei es ja nicht das eigene Haar sein muss. Die ganze Aktion dauerte nur Sekunden. Die Person verschwand dann sehr schnell, vermutlich über den Ausgang nahe der Geologie-Plattform. Aufgrund der Aussagen der Zeuginnen kann nicht gesagt werden, ob es sich beim Täter um eine männliche oder weibliche Person handelt. Am Eingang ist niemand im Merkel-Look hereingekommen. Wahrscheinlich hat der Täter die Maske und die Kleidung mitgebracht und sie auf dem Pfad angelegt. Der Kollege Marquard ist dabei, die Hersteller solcher Masken ausfindig zu machen, in der Hoffnung, herauszubekommen, in welchen Läden solche Dinger verkauft werden. Aber der Täter kann sie sich ja überall beschafft haben, nicht nur in der Region, sondern auch über das Internet.«

»Gut. Und was wissen wir über das Opfer?«

Irina nahm ein anderes Blatt Papier zur Hand und referierte weiter: »Das Opfer ist der vierundachtzigjährige Ernst Büttner. Er war alleinstehend, nie verheiratet und hatte keine Kinder, wohnte in Bad Harzburg und war von Beruf Lehrer. Wie seine Schwester mir sagte, hat er erst mit dreißig sein Studium begonnen. Vorher hat er als Diakon für die evangelische Kirche gearbeitet. Herr Büttner war nicht vorbestraft. Er lebte relativ zurückgezogen, hatte angeblich keine Feinde und einen sehr kleinen Freundes- oder Bekanntenkreis.«

»Tja«, fragte Schneider etwas resigniert, »und warum wird ein Mensch mit solch einer langweiligen Biografie umgebracht?«

»Das ist die Hunderttausend-Euro-Frage, lieber Herr Schneider. Motiv unbekannt. Allerdings, wenn man auf die Verkleidung des Täters zurückkommt, besteht natürlich die Möglichkeit, dass es sich hier um einen Verrückten handelt. Das wäre gefährlich, denn in dem Fall müssten wir mit weiteren Anschlägen dieser Art rechnen. Aber das ist ja nur Spekulation.«

»Ich hoffe, es bleibt Spekulation. Wir müssen nach einem Motiv beim Opfer suchen. Versuchen Sie, alles über den Mann herauszukriegen. Von wann bis wann er wo gearbeitet hat. Ob es da irgendwelche Vorfälle gab. Alte Beziehungen und so weiter. Es müsste doch auch noch Schüler von ihm geben. Vielleicht können wir da etwas in Erfahrung bringen.«

»Ich stürze mich sofort drauf.«

»Fangen Sie morgen an zu stürzen. Mir wäre es lieber, wenn Sie mich jetzt noch zur Wohnung des Opfers begleiten. Vielleicht finden wir da irgendwelche Hinweise. Und danach machen wir, wenn auch mit großer Verspätung, Feierabend.«

5

Das Einfamilienhaus des Ernst Büttner befand sich in einem dörflich geprägten Ortsteil, in dem in den fünfziger und sechziger Jahren zahlreiche Neubauten entstanden waren. Hier hatten sich während des Wirtschaftswunders etliche Familien den Traum vom kleinen Eigenheim erfüllt. Die ganze Gegend wirkte eher bescheiden. Als hier geplant wurde, konnte niemand ahnen, dass Jahrzehnte später jede Familie mindestens ein Auto besitzen würde. Dementsprechend war die Straße sehr schmal, und Garagen waren wohl erst später auf einigen Grundstücken, soweit dies überhaupt möglich war, errichtet worden. *Eine typische Kleine-Leute-Gegend,* dachte Schneider. Auch er war in einem solchen Wohngebiet aufgewachsen. Der handtuchbreite Vorgarten war zwar gepflegt, aber langweilig, da er aufgrund der Nordlage immer im Schatten lag und nichts Blühendes gedieh. Im Haus selbst roch es nach abgestandener Luft und Einsamkeit. Die mittelgroße Küche mit Eckbank stammte wahrscheinlich aus den siebziger Jahren. Sie war aufgeräumt und sauber. Das Wohnzimmer maß vielleicht sechs mal vier Meter und hatte eine Fensterfront mit Glastür nach Süden hin, wo sich eine kleine Terrasse befand. Eine altmodische Sitzgarnitur und ein Fernsehsessel, der mit einer Decke ausgelegt war, wahrscheinlich zur Schonung der Polster gegen häufige Benutzung, waren zur Schrankwand ausgerichtet. Das einzig Moderne in diesem Raum war ein mittelgroßer Fernseher mit Flachbildschirm. In der Schrankwand befanden sich jede Menge Gläser, gutes Geschirr, das offenbar nicht im Alltag benutzt wurde, und Nippes.

»Schauen Sie doch schon mal oben, Irina. Ich gehe inzwischen auf die Terrasse«, sagte Schneider.

Kaum war der Kommissar draußen, kam auch schon eine ältere Frau an den Gartenzaun, nickte freundlich und fragte: »Sind Sie zu Besuch bei Herrn Büttner?«

Schneider ging der Frau entgegen, zückte seinen Dienstausweis und sagte: »Guten Tag, mein Name ist Schneider. Ich bin von der Kriminalpolizei. Würden Sie mir bitte Ihren Namen sagen?«

»Kriminalpolizei? Ist was passiert? Ich bin Frau Holberg.«

»Frau Holberg, es tut mir leid, Herrn Büttner ist etwas zugestoßen. Er lebt nicht mehr.«

Die Frau war sehr bestürzt und erzählte ihm, dass sie schon seit 1958 hier wohne. Da hatten ihre Eltern das Haus gebaut, das sie dann später von diesen geerbt habe. Herr Büttner sei erst 1980 nebenan eingezogen. Er sei ein etwas reservierter, aber freundlicher und hilfsbereiter Mensch gewesen, der wenig Kontakt zu anderen hatte. Zuerst habe man sich gewundert, dass er hier ganz allein wohne. Ab und zu kam seine Schwester mit Familie zu Besuch. Ansonsten hatte er wenig Kontakt. Und nein, ihr sei in letzter Zeit nichts Besonderes aufgefallen. Man sah ihn ja praktisch nur im Garten oder wenn man sich vor dem Haus zufällig begegnete.

Unterdessen hatte Irina sich die obere Etage vorgenommen. Das Schlafzimmer war völlig uninteressant. Ein Einzelbett, ein großer, altmodischer Kleiderschrank und eine Kommode. Im Badezimmer nebenan die typischen Utensilien. Wesentlich spannender waren jedoch die beiden kleinen Stübchen, die ursprünglich wohl mal als Kinderzimmer konzipiert gewesen waren. Der eine Raum wurde offenbar als Büro benutzt. Schreibtisch, Aktenschrank mit Ordnern, Bücherregal. In den Ordnern befand sich das, was wohl in jedem Haushalt vorhanden ist: Versicherungspolicen, Kontoauszüge, Steuererklärungen und so weiter. Alles fein säuberlich nach Jahren sortiert. Irina würde veranlassen, dass die Ordner morgen abgeholt und in Ruhe durchgesehen werden.

Das andere Zimmer barg eine Überraschung. Regale von oben bis unten an beiden Längsseiten. Alles vollgepackt mit Steinen. Bei näherer Betrachtung merkte Irina, dass Herr Büttner wohl ein passionierter Mineralien- und Fossiliensammler gewesen war. Da hatte er im Harz genau an der richtigen Quelle gesessen. Ein Regal war gefüllt mit Büchern zu geologischen Themen. Im untersten Fach befanden sich einige Fotoalben. Am Fenster standen zwei bequeme, altmodische Sessel und ein kleiner runder Tisch. Irina setzte sich und nahm sich die Fotoalben vor. Da kam Schneider herein, der sich dazusetzte. Gemeinsam sahen sie sich die Alben an. Das Erste beinhaltete alte Schwarz-Weiß-Fotos aus der Kindheit. Offenbar war Büttner im Harz aufgewachsen. Die Familie in der Altstadt von Goslar. Büttner und vermutlich seine Schwester als Kinder in Bad Harzburg. Wie damals üblich, hatte man nur besondere Momente eingefangen: der jugendliche Büttner im Konfirmationsanzug mit Gesangbuch vor der Kirche, Gruppenaufnahme beim Schulabschluss und vieles mehr. Das nächste Album umfasste offenbar Bilder aus den 1950er und 60er Jahren. Der erste Urlaub auf Sylt. Büttner in Badehose zusammen mit zwei anderen jungen Männern.

Abschlussball der Tanzschule mit einer grazilen Schönheit, die einen Nelkenstrauß hält. Und wieder einige Aufnahmen, die ihn oder andere im Harz zeigen. Ein vergrößertes Foto: Büttner zusammen mit zwei anderen jungen Männern. Das könnte im Kalten Tal aufgenommen worden sein. Dann folgten Bilder einer anderen Landschaft, die wohl in Norddeutschland aufgenommen worden waren. Ein paar Jungen mit freiem Oberkörper, die sich auf Spaten stützen. Jungen verschiedenen Alters bei der Arbeit.

»Das sieht aus wie ein Ferienlager«, sagte Irina.

»Hm, wenn Sie mich fragen, sieht das eher aus wie ein Arbeitslager«, war Schneiders skeptische Antwort. »Mir scheint, dass die Jungen Torf stechen.«

Dann das Foto eines großen Gebäudes, das von Wald und Wiesen umgeben ist. Ein Gruppenbild — sechs Männer verschiedenen Alters standen davor.

»Könnte das eine Schule sein? Und die Männer gehören zum Kollegium?«, war Irinas Gedanke, den sie leise aussprach.

Das nächste Album enthielt ganz eindeutig Fotos aus seiner Zeit als Lehrer. Klassenaufnahmen, Fotos von Abschlussfeiern und Klassenfahrten.

»Die erste Schule ist eindeutig in Goslar. Und später ist er offenbar nach Bad Harzburg gewechselt«, sagte Schneider.

Das letzte Album enthielt Urlaubsfotos und Familiäres.

»Offenbar ist er meistens allein verreist«, sagte Irina. »Da ist kaum mal jemand drauf zu sehen. Nordische Landschaften, die Alpen, Italien.«

»Es ist jetzt kurz nach acht«, sagte Schneider. »Eigentlich noch früh genug, um der Schwester des Verstorbenen einen Besuch abzustatten. Sie hatten ja nur kurz mit ihr geredet, um sie über den Tod ihres Bruders zu informieren. Vielleicht kann sie uns etwas über Kollegen seines Bruders erzählen. Oder über Schüler.«

»Ich komme mit«, sagte Irina.

6

Oberstaatsanwältin Dr. Cesarine Zicke-Sandelholz war nicht nur bekannt wegen ihres bescheuerten Namens. Auch ihre äußere Erscheinung und ihre charakterlichen Eigenschaften waren dazu angetan, von ihren Mitmenschen wahrgenommen zu werden. Die Neununddreißigjährige sah aus, wie man sich eine Walküre aus der germanischen Mythologie vorstellt. In einer Wagneroper hätte sie, wenn man von ihren stimmlichen Fähigkeiten absähe, sicherlich Furore gemacht. Hochgewachsen und vollschlank marschierte sie wie ein Schlachtross mit zu groß geratenen Füßen durch die Büros von Staatsanwaltschaft und Kriminalpolizei. Im Gerichtssaal zog sie magisch alle Blicke auf sich. Im Kollegenkreis hatte man einst Wetten abgeschlossen, welche Schuhgröße sie trug. Diese wurde zwischen 43 und 45 geschätzt. Als ihre Sekretärin im Schrank die Größe der bequemen Ersatzschuhe herausfand, verschlug es den Leuten den Atem: Es war Größe 47. In normalen Läden bekam man so etwas gar nicht. Aber angesichts ihrer Körpergröße von schätzungsweise 1,90 war die Nummer 47 sicherlich angemessen. Hinzu kam ihre gewaltige, blonde Haarpracht. Ihr offenes Haar reichte bis zu den Hüften. Also flocht sie sich meist einen langen Zopf, den sie auf ihrem Kopf kunstvoll drapierte, was sie noch ein Stück größer machte. All diese Äußerlichkeiten verblassten allerdings gegen ihre laute Stimme. Normalerweise sprach sie bewusst leise. Aber wenn es mit ihr durchging, dann schrillte sie los, dass man es mit der Angst bekommen konnte. Ein Richter blaffte sie in einer Verhandlung mal an: »Hören Sie auf, so zu brüllen! Ich stehe kurz vorm Herzinfarkt.«

Zicke, wie sie im Kollegenkreis hinter vorgehaltener Hand genannt wurde, war unglaublich unbeliebt. Mitarbeiter, die sich nicht demütig ihren Ansichten fügten, schikanierte sie durch ihr rüdes Verhalten, ihre ironischen Bemerkungen und die Androhung von Konsequenzen. Auf die Polizei übte sie Druck aus, wann immer die Ermittlungsergebnisse nicht ihren Vorstellungen entsprachen. Und es gab Richter, die feuchte Hände bekamen, wenn sie sich mit ihr auseinandersetzen mussten. Die Leute, gegen die sie Anklage erhob, sah sie nicht als Menschen an, die möglicherweise einen Fehler begangen hatten, sondern als Objekte ihrer Arbeit. Für Anwälte hatte sie entweder Mitleid oder Verachtung übrig.

Über ihr Privatleben war bekannt, dass sie mit Anfang dreißig geheiratet hatte. Ihren Mann, einen Unternehmer, der ihr zumindest körperlich ebenbürtig gewesen war, hatte sie nach ein paar Monaten jedoch an die Luft gesetzt, nachdem bekannt geworden war, dass dieser sich in unlautere Geschäfte verstrickt hatte. Immerhin hatte sie den Namen Sandelholz behalten. Im Nachhinein ärgerte sie sich allerdings, dass sie ihren Mädchennamen, Zicke, beibehalten hatte. Während ihrer gesamten Kindheit hatte sie darunter gelitten. Aber das war nun nicht mehr zu ändern. Ihr Vater, ein bekannter Jura-Professor in Göttingen, Karl Caesar Zicke, hatte darauf bestanden, den Familiennamen zu behalten, insbesondere nachdem ihr älterer Bruder, Julius Caesar Zicke, sein Jurastudium nicht geschafft hatte. Professor Zicke wollte den Namen unbedingt als Markenzeichen in der Welt der Jurisprudenz erhalten.

In ihrem Umfeld wurde viel über ihr Privatleben spekuliert. Einige waren sich darin einig, dass ihr Unterleib eine geheime Verschlusssache sei. Nach ihrer Scheidung wurde sie nie wieder mit einem Mann gesehen, der eine Art Partner hätte sein können. Überall kreuzte sie solo auf. Die Wirklichkeit sah allerdings ganz anders aus. Man hätte sagen können: Sie war spitz wie Müllers Lumpi. Aber sie verstand es, ihr Liebesleben streng im Geheimen auszuleben, wann immer sich die Möglichkeit bot.

Ihre Beförderung zur Oberstaatsanwältin vor ein paar Monaten war längst überfällig gewesen. Sie hatte ihre Examina mit Bravour abgelegt und ihre Promotion mit summa cum laude. Die Beurteilung ihrer Arbeit als Staatsanwältin kannte keine dunklen Punkte. Ihre Leistungen wurden in höchsten Tönen gelobt. Ob hier eine gewisse Angst der Beurteilenden vorhanden war, sich möglicherweise ihren Zorn zuzuziehen, sei dahingestellt. Jedenfalls hatte sie ihr Zwischenziel erreicht und war nun als Oberstaatsanwältin der Staatsanwaltschaft Braunschweig zuständig für die ganz bösen Buben. In unregelmäßigen Abständen besuchte sie die einzelnen Bezirke, die in ihren Zuständigkeitsbereich fielen. Heute kam sie nach Goslar. Erstens hatte sie gestern von einem interessanten Fall Kenntnis erhalten, dem zufolge eine als Angela Merkel verkleidete Person einen Mann in die Tiefe gestürzt haben sollte. Und zweitens war heute Freitag, und sie würde das Wochenende mit ihrem derzeitigen Liebhaber in einem Hotel in Bad Harzburg verbringen.

Kommissar Schneider ahnte noch nichts von seinem Glück, dass die Oberstaatsanwältin ihn heute mit ihrem Besuch beehren würde. Er saß mit Irina in seinem Büro und sprach mit dieser über den Stand der Ermittlungen im Fall ,Angela Merkel'.

»Das Gespräch mit der Schwester des Opfers und deren Mann hat ja auch nicht viel gebracht«, sinnierte Schneider.

»Na, immerhin hat sie noch ein paar Kollegen genannt, die ihn kannten. Ich werde mich gleich auf den Weg machen und seine letzte Schulleiterin besuchen. Vielleicht bekommen wir dadurch ein paar Anhaltspunkte«, sagte Irina.

»Tun Sie das.«

In diesem Moment klopfte es an der Tür, und ohne auf das *Herein* zu warten, betrat die Oberstaatsanwältin das Zimmer.

Irina schaute ungläubig zu der hünenhaften, in einen weißen Hosenanzug gekleideten Dame auf und dachte: *Ach du meine Güte, was ist denn das für ein Gestell?* Schneider, der die Dame zuvor nur einmal gesehen hatte, da sie für die alltäglicheren Fälle andere Mitarbeiter beorderte, war ganz entgeistert. Seine Erinnerung an die erste Begegnung war alles andere als gut. Wenn er eines nicht leiden konnte, dann war es ihr extrovertiertes Verhalten, ständig den Boss herauszukehren, alles besser zu wissen und Leute klein zu machen. Sie gab erwachsenen Menschen, gestandenen Beamten, Anweisungen, als seien sie kleine Kinder. Höflich, wie er war, erhob er sich und reichte ihr freundlich lächelnd die Hand: »Guten Tag, Frau Oberstaatsanwältin.«

»Tag, Herr Schneider.« Und an Irina gerichtet, die sich inzwischen auch erhoben hatte: »Sandelholz. Und Sie sind die neue Mitarbeiterin hier? Dann müssen Sie die Dame sein, die dem Staatsanwalt in Ihrer vorigen Dienststelle empfohlen hat, sich seine Ratschläge in den Hintern zu stecken. Möglicherweise hatte er diese Empfehlung ja verdient. Ich hoffe allerdings, dass Sie mir solche Ratschläge ersparen.« Sie ließ den Kriminalbeamten keine Chance, zu Wort zu kommen, setzte sich zu den beiden an den Besuchertisch und sagte: »Für mich bitte einen schwarzen Kaffee.« Während Irina die Pad-Kaffeemaschine zum Laufen brachte, fuhr die Oberstaatsanwältin nahtlos fort: »Wenn ich es richtig sehe aufgrund der bisher sehr spärlichen Informationen, dann haben wir zwei Augenzeuginnen im Mordfall Merkel.«

»Ja, Fräulein Höschen, eine sechsundachtzigjährige Dame, und Frau Kuhfuß, einundsiebzig Jahre alt. Beide sind zurzeit in Bad Harzburg zur Kur.«

»Ich möchte mir von den beiden alten Törtchen selbst ein Bild machen. Bestellen Sie sie für heute hierher.«

»Sie werden in circa einer Stunde hier sein, weil wir noch ein Protokoll anfertigen müssen.«

»Gut. Ich habe gleich noch etwas beim Amtsgericht zu erledigen. Dann komme ich wieder und möchte mich dann mit den beiden unterhalten. In einem Prozess werden sie ja die wichtigsten Zeugen sein. Wie weit sind Sie inzwischen? Haben Sie wenigstens eine Vorstellung, wer der Täter sein könnte? Angela Merkel ist es ja definitiv nicht.«

»Wir sind dabei, das Umfeld des Opfers zu erkunden. Frau Sammet hat gleich ein Gespräch mit der ehemaligen Schulleiterin. Das Opfer war ja Lehrer.«

»Na, das ist ja mehr als dürftig. Könnte es nicht jemand sein, der dem Ansehen der Kanzlerin schaden möchte?«

»So weit sind wir noch nicht.«

»Dann empfehle ich Ihnen, mal einen Gang zuzulegen. Es ist ja geschäftsschädigend, wenn in einem Ferienort wie Bad Harzburg ein Mörder harmlose Menschen umbringt.«
Damit erhob sie sich, ohne den Kaffee, den ihr Irina gerade hingestellt hatte, zu beachten, und sagte im Hinausgehen: »Ich möchte über alles bis ins Detail informiert werden, und zwar zeitnah. Wir sehen uns in einer Stunde, wenn die beiden Zeuginnen hier sind.«

Als sie die Tür hinter sich geschlossen hatte, fragte Irina: »Um Himmels willen! Was war das denn?«

»Das ist unsere neue Oberstaatsanwältin, Dr. Cesarine Zicke-Sandelholz, eine Karrieristin, wie sie im Buche steht. Sie wird uns noch viel Freude machen.«

»Ich dachte im ersten Moment, da kommt eine Walküre. Aber zum Glück hatte sie kein Schwert dabei.«

»Täuschen Sie sich nicht. Was man so hört, verfügt sie noch über ganz andere Waffen.«

7

Lilly Höschen war ein Fall für sich. Die mittlerweile sechs-undachtzigjährige pensionierte Oberstudienrätin war nie verheiratet gewesen und bestand darauf, mit *Fräulein* ange-redet zu werden. Sie wohnte in dem kleinen Bergstädtchen Lautenthal und war über die Grenzen des Ortes hinaus be-kannt wie ein bunter Hund. Ihre spitze Zunge, mit der sie Menschen maßregelte, die sie nicht mochte, war gefürchtet. In Clausthal-Zellerfeld, wo sie viele Jahre als Lehrerin gewirkt hatte, gab es Leute, die die Straßenseite wechselten, um ihr nicht zu begegnen. Wenn sie jemanden partout nicht lei-den konnte, der kam in ihrer Gegenwart auf keinen grünen Zweig. Auf der anderen Seite konnten diejenigen, die sie ins Herz geschlossen hatte, mit ihr Pferde stehlen. Seit ein paar Jahren war sie mit Gretel Kuhfuß befreundet. Gretel, An-fang siebzig, wohnte in Braunlage und war viele Jahre lang die Haushälterin von Lillys Freund Ferdinand gewesen. Seit dieser gestorben war, langweilte sie sich oft, sodass Lilly sie öfters mal zu sich nach Hause holte, um Zeit miteinander zu verbringen. Gretel war eine gestandene, zupackende Frau, die nichts von übertriebener Höflichkeit hielt. Ihren ganz nor-malen Tonfall konnten sensible Menschen schon für beleidi-gend halten. Außerdem nahm sie kein Blatt vor den Mund. Seit sie häufig mit Lilly zusammen war, wurde sie immer wie-der in deren kriminelle Eskapaden verstrickt. Es war ihr klar, dass ihre Freundin von Mördern, Entführern und Räubern magisch angezogen wurde. Aber es störte sie nicht weiter. Sie wusste sich schon zu wehren.

Dass sie Kommissar Schneider zugesagt hatten, heute nach Goslar zu kommen, um das Aussageprotokoll zu unterschreiben, war eine angenehme Unterbrechung der fürchterlichen Reha-Kur, die Gretel nach ihrer Hüftoperation über sich ergehen lassen musste. Anschließend würden sie noch Lillys Großneffen Amadeus besuchen, der in Goslar mit Frau und Kind wohnte und ein millionenschweres Unternehmen führte.

Da Lilly und Gretel mittlerweile zu Schneiders ‚Vorzugskundschaft' zählten, nahm er die Protokolle persönlich auf. Nachdem diese unterschrieben waren, sagte er: »Gleich möchte Sie noch die Frau Oberstaatsanwältin kennenlernen.«

Frau Zicke-Sandelholz wurde im Amtsgericht länger aufgehalten als vorgesehen. Als sie dann endlich eintraf, las sie in aller Ruhe die Protokolle der Zeuginnen und ließ sich dann in das Besprechungszimmer bringen, wo Lilly und Gretel bereits seit einer Dreiviertelstunde warteten. Sie sah auf die Damen herunter, was angesichts ihrer Größe auch nicht verwunderlich war, und grüßte knapp: »Tach, die Damen. Ich bin Oberstaatsanwältin Zicke-Sandelholz.«

»Pünktlichkeit ist die Höflichkeit der Könige«, sagte Lilly. »Ich bin Lilly Höschen und das ist meine Freundin Gretel Kuhfuß. Nachdem Sie uns nun lange genug haben warten lassen, wäre es nett, wenn Sie uns darüber informieren würden, was wir für Sie tun können.«

Leicht pikiert antwortete die Oberstaatsanwältin: »Ich bin keine Königin, sondern Oberstaatsanwältin. Wir ermitteln hier in einem Mordfall. Da können Sie kaum erwarten, dass alle strammstehen, wenn Sie Ihrer Bürgerpflicht nachkommen.«

Sie setzte sich ganz gemächlich den beiden Frauen gegenüber, legte die Protokolle auf den Tisch, inspizierte erst Lilly, dann Gretel. Zehn Sekunden lang sagte sie nichts. Dann schaute sie Lilly an und fragte: »Kannten Sie das Opfer?«

»Selbstverständlich nicht. Wenn Sie das Protokoll gelesen hätten, das vor Ihnen auf dem Tisch liegt, wüssten Sie das.«

»Der Mann war in Ihrem Alter und er war Lehrer. Normalerweise kennt man doch die Kollegen in seinem Umfeld.«

»Der Mann gehörte nicht zu meinem Umfeld. Ich habe am Gymnasium in Clausthal-Zellerfeld unterrichtet. Wo das bedauernswerte Opfer unterrichtet hat, weiß ich nicht. Ich habe gerade eben erst durch Sie erfahren, dass er Lehrer war.«

»Was hat der Mann Ihnen denn getan, dass Sie ihn umgebracht haben?«

»Also, das müssen wir uns nicht anhören von diesem Dragonerweib!« Das war Gretel Kuhfuß.

Und Lilly setzte nach: »Vielleicht sollten Sie erst mal Ihr Jurastudium zu Ende bringen, bevor Sie sich als Oberstaatsanwältin aufspielen. Und dann empfehle ich Ihnen, an einem Benimmkurs teilzunehmen.«

Jetzt setzte die Oberstaatsanwältin ihre schrille Stimme ein: »Verkaufen Sie mich nicht für dumm! Nur weil Sie alt sind und sich mit Krücken tarnen, sind Sie durchaus in der Lage, einen Greis ins Jenseits zu befördern. Kein Mensch außer Ihnen hat diese merkwürdige Angela Merkel gesehen. Ich werde herausfinden, woher Sie das Opfer kannten.«

Normalerweise wirkten ihre Stimme und Körpergröße einschüchternd. Da dies hier offenkundig nicht der Fall war, erhob sich Zicke-Sandelholz nun und sah die beiden Frauen abwechselnd scharf an.

Lilly sagte ganz ruhig: »Ihre Stimme ist die reinste Körperverletzung. In all den Jahren meiner Tätigkeit als Lehrerin habe ich nie einen Schüler angerührt. Hätte ich Sie als Schülerin gehabt, hätte es Ohrfeigen gesetzt.«

»Ich nehme gleich meine Krücke und zieh dieser Furie eins über.« Das war wieder Gretel.

Die Oberstaatsanwältin war sich bewusst, dass sie es nicht geschafft hatte, die beiden Frauen einzuschüchtern. Das kam selten vor. Also setzte sie sich wieder und sagte ganze leise, Lilly und Gretel abwechselnd anschauend: »Sie werden sich noch wundern. Mit Ihnen bin ich noch lange nicht fertig. Zunächst einmal werde ich Sie belangen. *Dragonerweib, Furie*, die Androhung von Ohrfeigen und Schlägen mit der Krücke.«

Lilly und Gretel lächelten sich an, und Zicke-Sandelholz sagte ganz leise und betont freundlich: »Sie dürfen gehen, meine Damen. Vorerst.«

Sie erhoben sich und gingen zur Tür, während die Oberstaatsanwältin sitzen blieb. Gretel drehte sich noch einmal um und sagte: »Trampeltier!«

Selten hatte die Oberstaatsanwältin eine derart unbefriedigende Vernehmung geführt. Eigentlich wollte sie die wichtigen Zeuginnen nur kennenlernen und ihnen durch eine Provokation auf den Zahn fühlen, ob sie in irgendeiner Weise in die Tat involviert waren. Normalerweise wären die alten Frauen angesichts ihres unverhofften Vorwurfs in Tränen ausgebrochen. Und das wäre ein Zeichen gewesen, dass sie wirklich nichts mit der Sache zu tun hätten. Aber sich mit ihr anzulegen und sie derart zu beleidigen, das war eine völlig neue Erfahrung. Sie würde mit den beiden Trutschen noch Schlitten fahren. So ging man nicht ungestraft mit Oberstaatsanwältin Dr. Cesarine Zicke-Sandelholz um, so nicht! Als Hauptkommissar Schneider den Raum betrat, war er es, der aufgrund der verpatzten Befragung ihren ersten Wutausbruch abbekam.

»Ihre laxe Art, mit Verdächtigen herumzukuscheln, bringt uns keinen Millimeter weiter. Ich will Ergebnisse sehen, und zwar rapidamente! Wenn Sie dazu nicht in der Lage sind, geht der Fall an das LKA. Dort hat man in Mordfällen eine Erfolgsquote von fünfundneunzig Prozent.«

»Wir, verehrte Frau Doktor Zicke-Sandelholz, haben eine Erfolgsquote von hundert Prozent. Dies nur zu Ihrer Information.«

Jetzt wurde der Kerl auch noch frech. Sie würde ihn im Auge behalten. Aber jetzt musste sie erst mal raus hier. Sich den schönen Dingen des Lebens zuwenden.

8

Da die beiden alten Damen schon mal in Goslar waren, lag es nahe, Lillys Großneffen Amadeus und dessen Familie zu besuchen. Also fuhren sie zu seiner Wohnung. Amadeus war Lillys einziger Verwandter. Seit seinem zwölften Lebensjahr hatte sie ihn großgezogen, nachdem seine Eltern auf mysteriöse Weise verschwunden waren. Amadeus hatte eine wunderbare Frau, Marie, und ein Goldstück von Töchterchen, das nach ihrer schlagfertigen Urgroßtante benannt wurde. Marie und Lilly waren hocherfreut, die beiden Frauen zu sehen. Selbstverständlich sollten sie zum Essen bleiben. Amadeus würde erst in einer Stunde kommen.

»Dann gehe ich mal kurz rüber in die Firma. Vielleicht hat er ja ein paar Minuten Zeit für seine alte Großtante. Ich komme dann mit ihm zurück.«

Gretel, der es zu anstrengend war, mit ihren Krücken mitzukommen, wollte in der Zwischenzeit bei Marie bleiben und sich mit der kleinen Lilly beschäftigen. Für sie war der heutige Tag eine angenehme Unterbrechung ihrer langweiligen Kur, auch wenn sie sich immer noch über die Oberstaatsanwältin ärgerte. Sie erzählte Marie in allen Einzelheiten, wie sich dieses widerliche Fressen, so nannte sie sie inzwischen, aufgeführt hatte.

Es waren nur ein paar Minuten Fußweg, bis Lilly das schöne alte Haus erreicht hatte, in dem sich die Geschäftsräume von Amadeus' Firma Beermann Consult befanden. Amadeus war durch den Tod der beiden Gesellschafter, die ihm alle Anteile vererbt hatten, steinreich geworden. Ursprünglich war er hier nur als Anwalt angestellt, dessen Aufgabe es war, sich um das Vertragliche zwischen der Firma und den Kunden aus aller Welt zu kümmern. Aber das Leben nahm bisweilen merkwürdige Wendungen. Das Unternehmen hatte seinen Hauptsitz in Kanada und beschäftigte sich mit dem Verkauf von Anteilen an Bergbauunternehmen.

Da ihr Großneffe sich noch in einem Gespräch in seinem Büro befand, unterhielt sie sich mit den beiden Damen am Empfang, die sie gut kannte. Als sie ihnen von dem Mord auf dem Baumwipfelpfad erzählte, kamen sie aus dem Staunen nicht heraus. Dann tat sich plötzlich etwas. Amadeus' Bürotür wurde geöffnet und ein Mann in mittleren Jahren, gut gekleidet in Anzug und Krawatte, stürmte heraus, drehte sich noch einmal um und brüllte: »Sie werden schon noch sehen, was Sie davon haben!«

Dann preschte er an Lilly und den beiden Mitarbeiterinnen vorbei zum Ausgang. Amadeus kam hinterher und rief dem Mann nach: »Und wenn Sie mich noch einmal belästigen mit Ihren Machenschaften, dann informiere ich die Staatsanwaltschaft.« Als der Mann verschwunden war, bemerkte er seine Großtante. »Tante Lilly, was machst du denn hier? Komm doch mit in mein Büro.«

Lilly nahm in der gemütlichen Sitzecke in Amadeus' Büro Platz, und ihr Großneffe setzte sich ihr gegenüber. Amadeus hatte ein paar Wunden im Gesicht und zwei Pflaster. Das war bei ihm nichts Besonderes. Ihm passierten ständig irgendwelche Missgeschicke. Mal fiel ihm beim Öffnen eines Schrankes eine Pfanne auf den Kopf, mal stolperte er und riss alles, was nicht niet- und nagelfest war, mit sich. Er setzte sich auch schon mal auf eine Torte oder verhedderte den Rock einer wildfremden Frau im Reißverschluss seiner Hose. Es war ihm sogar schon gelungen, innerhalb einer Viertelstunde zweimal nackt vom Dach zu fallen, mitten in ein Straßencafé hinein. Trotzdem erkundigte sich Lilly, was ihm denn dieses Mal schon wieder zugestoßen sei.

»Ach, das ist nichts, Tante Lilly. Ich hatte nur einen kleinen Zusammenstoß mit einem Kaktus.«

»Na, da bin ich ja beruhigt. Ich dachte schon, du hättest wieder versucht, mit Messer und Gabel zu essen. Aber etwas anderes, mein Junge. Was war denn das eben für ein Verrückter?«

»Ach, das ist nicht wichtig. Der Typ wollte mit mir Geschäfte machen, die über die Grenzen der Legalität hinausgehen. Und das ausgerechnet mit mir, einem Juristen. Als ich ihm klar gemacht hatte, was ich von dieser Art Geschäfte halte, wurde er pampig. Da habe ich ihn natürlich an die Luft gesetzt.«

»Also, wenn du eine eklige Staatsanwältin brauchst, kann ich dir eine empfehlen. Ich habe sie heute Morgen kennengelernt. Eine Frau Dr. Cesarine Zicke-Sandelholz. Das ist ein Satansbraten der Extraklasse. Frech wie Rotz, und wie die schon aussieht. Wie eine Walküre aus einer Wagneroper, nur größer.«

»Tante Lilly, was, um Himmels willen, will denn die Staatsanwaltschaft von dir? Bitte sag mir nicht, dass du schon wieder in einen Mordfall verwickelt bist.«

»Was heißt verwickelt? Gretel und ich haben gesehen, wie Angela Merkel einen Mann ins Jenseits befördert hat.«

Amadeus begann, sich die Haare zu raufen. Und als Lilly ihm alles im Detail berichtet hatte, sah er aus wie ein Zombie. Das war immer der Fall, wenn seine Großtante loslegte. Dann gingen sie nach Hause, wo Marie mit einem schnell improvisierten Imbiss wartete. Hier ergänzte Gretel noch die Schilderung um die Auseinandersetzung mit der Oberstaatsanwältin und ließ auch die Schimpfworte nicht aus, mit der sie die Dame tituliert hatten. Amadeus wurde angst und bange. Da er noch einmal ins Büro musste, kündigte er an, Lilly abends im Hotel zu besuchen, um noch einmal in Ruhe über alles zu reden.

Den Nachmittag verbrachten Lilly und Gretel im Kurpark von Bad Harzburg. Aufregung und Ablenkung hatten sie für heute genug gehabt. Morgen würde Lilly wieder nach Hause fahren. Gretel hingegen musste noch eine Woche ausharren. Gegen Abend brachte Lilly ihre Freundin zur Kurklinik. Sie selbst ging in ihr Hotel, wo sie sich mit Amadeus zum Essen treffen wollte. Unterwegs erhielt sie von ihm einen Anruf, dass er sich verspäten würde. Sie möge doch allein zu Abend essen. Er würde, wenn er sie nicht mehr im Speisesaal anträfe, zu ihr aufs Zimmer kommen.

Das Restaurant war nur mäßig besucht. Die Leute zogen es heute wohl vor, draußen zu essen. Lilly bestellte sich eine pochierte Seezunge und dazu ein Glas Riesling. Dann betrat Oberstaatsanwältin Zicke-Sandelholz den Saal. Zusammen mit einem Mann. Nanu, den kannte sie doch auch. War das nicht der Typ, der vormittags aus Amadeus' Büro herausgestürmt kam? Das war ja nun hochinteressant. Die Staatsanwältin und der Verbrecher. Sie trug ein weißes Kleid, das reichlich kurz geraten war. Man hatte fast den Eindruck, die Frau bestünde nur aus Beinen. Dazu eine Art Vogelnest, nein eigentlich schon mehr ein Adlerhorst, auf dem Kopf. Wie konnte ein Mensch nur so viele Haare haben und diese auch noch ungehindert wuchern lassen? Sie setzten sich an einen Tisch am äußersten Ende des Lokals. Zum Glück drehte die Walküre ihr den Rücken zu. Der Typ, der fast einen Kopf kleiner war als seine Begleiterin, sah gar nicht so schlecht aus. Er trug heute Abend einen hellen Sommeranzug mit offenem Hemd. Die vollen Haare waren dunkel und an den Seiten grau meliert. Die beiden schienen sich mehr als zu mögen. Der Mann strahlte wie ein Hund, der wusste, dass Frauchen ihm gleich ein Riesenleckerli gibt. Er nahm ihre Hände in der Tischmitte in seine und ließ sie nicht mehr los. Erst als der Ober die Karten brachte, mussten sie sich voneinander lösen. Ach, was war das interessant. Lilly hatte ursprünglich nicht vorgehabt, so lange hierzubleiben. Aber nun bestellte sie noch einen Wein.

Später auf ihrem Zimmer öffnete Lilly die Balkontür, um die abendliche Kühle, die aus dem Kalten Tal herüberströmte, hereinzulassen. Als sie ihren Koffer gepackt hatte, schließlich wollte sie morgen abreisen, hörte sie Stimmen. Die mussten vom Nachbarbalkon kommen und irgendwie kamen sie ihr bekannt vor. Lilly ging an die offene Tür und horchte. Natürlich, das war unverkennbar die Oberstaatsanwältin mit ihrem Lover. Es wurde immer interessanter. Dann waren die Stimmen kaum noch zu hören. Offenbar waren sie ins Zimmer gegangen, hatten aber die Balkontür aufgelassen. Lilly reckte den Hals zum Nachbarbalkon, um einen Blick in das Zimmer zu erhaschen. Das war aber nicht möglich. Die beiden Zimmernachbarn waren ziemlich ausgelassen. Jetzt hörte sie die Oberstaatsanwältin kreischen. Herrje! Was trieben denn die beiden da? Lilly konnte ihre Neugier einfach nicht bändigen. *Aber wie kann ich in dieses blöde Zimmer schauen?* Sie überlegte kurz, sah sich im Zimmer um und schleppte den Couchtisch auf den Balkon. Das müsste gehen. Der Abstand zwischen den beiden Balkongeländern war nicht größer als einen Meter. Also hievte sie unter Aufbringung all ihrer Kraft den Tisch hoch, zwei Beine über ihr Geländer und zwei über den Balkon nebenan. Es passte wie angegossen. Jetzt musste sie nur noch da hinaufkommen. Inzwischen hatte der Geräuschpegel nebenan noch zugenommen. Das waren ja geradezu animalische Laute. Sie holte einen Stuhl aus dem Zimmer und kletterte auf den Tisch, der eine Brücke zwischen den Balkonen bildete. Dass es unter ihr zwei Stockwerke bergab ging, nahm die alte Dame gar nicht wahr. Höhenangst war noch nie ein Problem für sie gewesen. Auf ihren Knien arbeitete sie sich an den Rand des Tisches vor und hatte gute Sicht in das Nachbarzimmer.

Jetzt setzte auch noch laute Musik ein. *Himmel, der Walkürenritt aus der Wagneroper.* Das passte ja. Da das Zimmer hell erleuchtet und die Vorhänge zurückgezogen waren, bot sich Lilly das ganze Geschehen in epischer Breite. Die Oberstaatsanwältin hatte ihr Haar geöffnet, das ihr nun bis zu den Pobacken reichte. Der Mann lag auf dem Bett, und sie bestritt auf ihm sitzend den Walkürenritt im Takt zu Wagners berühmtestem Musikstück. Intuitiv langte Lilly in ihre Hosentasche, um ihr Handy herauszuholen. Das musste für die Nachwelt erhalten bleiben. Klack — Videomodus.

Amadeus hatte mehrfach geklopft, aber seine Großtante hatte ihn offenbar nicht gehört. Kein Wunder, die Musik, die aus einem der Nachbarzimmer zu kommen schien, war sehr laut. Da konnte man ein Klopfen schon mal überhören. Also betrat er vorsichtig Lillys Zimmer, konnte sie aber nicht entdecken. Die Balkontür war offen. Als er einen Moment später erfasste, was seine Großtante da machte, setzte sein Herzschlag für zwei Takte aus. Wie erstarrt packte er sie von hinten. Vor Schreck wäre sie beinahe heruntergefallen, woraufhin Lillys Herz für zwei Takte stehenblieb.

»Amadeus, bist du verrückt geworden, mich so zu erschrecken?«

»Wer erschreckt hier wohl wen? Was treibst du da? Geh sofort rein. Wenn dich einer sieht ...«

»Erstmal muss ich den Tisch wieder reintragen.«

»Das mach ich schon.« Amadeus hievte den Couchtisch vom Nachbargeländer und dann von Lillys Balkon. Dann verlor er das Gleichgewicht, und es machte zack. Der Tisch fiel in die Tiefe, und Amadeus schaute hinterher wie ein begossener Pudel. Der Rosenstrauch unten war platt.

»Ach du meine Güte. Junge, was stellst du schon wieder an? Du kannst doch nicht einfach den Tisch vom Balkon werfen. Du hättest jemanden erschlagen können.«

Jetzt schob er Lilly wieder ins Zimmer und schloss die Balkontür, setzte sich auf einen Sessel und atmete tief durch. Lilly tat das Gleiche, um ihm dann zu berichten.

»Amadeus, das konnte ich mir nicht entgehen lassen. Der Typ, den du heute Vormittag aus deinem Büro geworfen hast, ist zusammen mit der Oberstaatsanwältin in dem Zimmer nebenan. Soll ich dir mal zeigen, was die da getrieben haben?«

Sie hatte den Satz kaum ausgesprochen, da führte sie ihrem

Großneffen die Aufzeichnung vor, die auf ihrem Smartphone gespeichert war. Amadeus bekam vor Staunen und Scham den Mund nicht zu.

»Tante Lilly, bist du wahnsinnig? Du hast dich soeben strafbar gemacht. Das musst du sofort löschen.«

»Ich denke ja gar nicht dran. Schließlich habe ich das unter Einsatz meines Lebens aufgenommen.«

9

Der nächste Morgen war regnerisch. Lilly stand an der Rezeption, um ihre Rechnung zu bezahlen. Nachdem alles erledigt war, erzählte sie der jungen Mitarbeiterin: »Übrigens, nicht dass Sie sich wundern. In meinem Zimmer fehlt der Tisch.«

»Der Tisch? Wie das denn?«

»Das war seltsam. Gestern Abend kam ein Mitarbeiter in mein Zimmer und sagte, er müsse den Tisch entfernen. Ich würde einen Neuen bekommen. Statt ihn hinauszutragen, ging er auf den Balkon und hat ihn einfach hinuntergeworfen. Ich war so perplex, dass ich gar nichts sagen konnte. Und einen neuen Tisch hat er auch nicht gebracht.«

»Na, das ist ja ein Ding. Was war denn das für ein Mitarbeiter?«

»Keine Ahnung. So ein großer Kerl.«

»Also, davon weiß ich nichts. Vielen Dank für die Mitteilung. Das muss ich intern klären.«

»Tun Sie das. Ich jedenfalls habe den Tisch nicht hinuntergeworfen. Der wäre mir ja auch viel zu schwer gewesen. Außerdem — warum sollte ich so etwas Dummes tun?«

»Da haben Sie völlig recht. Ich wünsche Ihnen eine gute Heimreise.«

Grinsend verließ Lilly mit ihrem Rolli das Hotel.

Für Hauptkommissar Schneider und einige seiner Mitarbeiter war nicht an Wochenende zu denken. Heute war zwar Samstag, aber er saß bereits morgens wieder mit Irina zusammen, die ihm berichtete, was sie gestern herausgefunden hatte.

»Also, die letzte Schulleiterin, unter der Herr Büttner gearbeitet hat, war eine Frau Sabine Stolz. Sie war in den letzten fünf Jahren seiner Tätigkeit als Lehrer seine Chefin. Sie wohnt in Wernigerode, ist zweiundsiebzig Jahre alt und macht einen netten, aufgeschlossenen Eindruck. Sie hat Büttner allerdings seit seiner Pensionierung nie wieder gesehen. In ihrer Erinnerung war er ein freundlicher Kollege, etwas zurückhaltend zwar, aber dennoch beliebt bei Schülern und Lehrern. Es gab keine außergewöhnlichen Vorkommnisse, keine großen Auseinandersetzungen mit Schülern oder Eltern. Also ein ganz unauffälliger Typ. Allerdings hat sie mir einen interessanten Hinweis gegeben. In jungen Jahren war er in einem von der Diakonie geführten Heim für schwer erziehbare Kinder und Jugendliche tätig. Das war noch vor seinem Lehrerstudium.«

»In welcher Funktion war er da?«

»Als Erzieher. Damals in den sechziger Jahren musste man kein Pädagoge sein, um in solchen Einrichtungen zu arbeiten. Jedenfalls konnte sie sich erinnern, vor ein paar Jahren mal gelesen zu haben, dass einigen Verantwortlichen dieses Erziehungsheims, wie auch denen anderer Einrichtungen, vorgeworfen wurde, dass dort Kinder systematisch misshandelt wurden. Ich habe mich gleich schlaugemacht, wie man an weitere Informationen über dieses Heim herankommt. Ich habe dann schließlich einen Kirchenrat in Hannover erreicht, der sich seit Jahren mit diesem Thema beschäftigt. Und als er hörte, dass wir in einem Mordfall ermitteln, hat er sich bereit erklärt, heute mit mir zu sprechen. Und das am Samstag.«

»Prima. Das könnte eine Spur sein.«

»Ich muss dann auch gleich losfahren. Und Sie?«

»Was ich?«

»Haben Sie den gestrigen Ärger mit der Oberstaatsanwältin überwunden?«

»Ach, Irina. Ich hatte schon öfters Ärger mit Staatsanwälten. Wenn das Maß voll ist, haue ich auf den Tisch.«

»Das kann ich mir bei Ihnen gar nicht vorstellen. Dass ich ausflippe, ist normal. Dass ich Dinge sage, die ich besser runterschlucken sollte, ist auch klar. Aber Sie?«

»Sie kennen mich noch nicht, Irina. Und jetzt ab mit Ih-

nen nach Hannover. Die heilige Kirche wartet.«

Anderthalb Stunden später saß Irina Sammet einem freundlichen Kirchenrat namens Hans-Peter Czarwinski gegenüber, der sie darüber informierte, dass in den Jahren nach dem Zweiten Weltkrieg bis in die sechziger Jahre hinein eine völlig andere Vorstellung hinsichtlich der Kindererziehung geherrscht habe. Es sei gesellschaftlich allgemein akzeptiert gewesen, dass Kindern, die sich nicht fügten, mit äußerster Strenge zu begegnen sei. Um die Zöglinge auf den ‚rechten Weg‘ zu bringen, wurde dabei oftmals auch die Anwendung von körperlicher Gewalt als probates Mittel nicht ausgeschlossen. Kinder und Jugendliche in diesen Heimen mussten hart arbeiten, statt zur Schule zu gehen. Sie wurden schikaniert, geschlagen, eingesperrt und seelisch misshandelt. Nun hätten einige Betroffene und engagierte Bürger sich zu Wort gemeldet, um diese Missstände aufzuklären. Man hatte alte Unterlagen, sofern noch vorhanden, durchgesehen, um Einzelschicksalen nachzugehen. Und man hatte die Aussagen von Betroffenen protokolliert.

»Das ist natürlich eine Sisyphos-Arbeit nach all den Jahren. Aber wir haben einiges herausgefunden. Und ich habe inzwischen nachgesehen. Auch der Name Ernst Büttner ist in den Unterlagen vorhanden. Er war ein junger Erzieher, der jeweils eine Gruppe von Kindern zu betreuen hatte. In den Aussagen der Betroffenen ist sein Name allerdings nicht aufgetaucht. Aber das will nichts heißen. Es ist ja nur ein winziger Bruchteil von ehemaligen Zöglingen, der sich gemeldet hat.«

»Herr Czarwinski, ist es möglich, an die Namen der Kinder zu gelangen, für die Herr Büttner zuständig war?«

»Teilweise ja. Ich habe mich seit Ihrem gestrigen Anruf intensiv damit beschäftigt und insgesamt fünfundzwanzig Karteikarten von Heimkindern gefunden, für die Herr Büttner zuständig war. Ob und wie Sie diese finden, sofern sie noch leben, weiß ich nicht. Aber ich gebe Ihnen diese Karteikarten.

Allerdings bitte ich zu bedenken, dass diese Menschen, auch wenn es sich hier um einen Mordfall handelt, ein Recht auf Datenschutz haben.«

»Das ist mir völlig klar. Und sollte ich mit diesen Leuten Kontakt aufnehmen, werde ich mit äußerster Umsicht vorgehen. Ich will nicht, dass alte Wunden aufbrechen.«

Mit so viel Entgegenkommen hatte Irina gar nicht gerechnet. Anscheinend war man bemüht, sich den Fehlern der Vergangenheit zu stellen. Zufrieden machte sie sich auf den Heimweg.

Am Nachmittag bekam Schneider einen Anruf von der Schwester des ermordeten Ernst Büttner.

»Herr Schneider, ein Anwalt hat uns eine Kopie des Testaments meines Bruders geschickt, das dort deponiert war. Mein Mann und ich sind ganz erstaunt, was da drinsteht.«

»Wieso, was steht denn da so Ungewöhnliches? Warten Sie, wenn es Ihnen recht ist, komme ich bei Ihnen vorbei und lese es selbst. Ich werde für meine Ermittlungen ohnehin eine Kopie anfordern müssen. Aber es wäre gut, wenn ich schon heute erfahren könnte, wem Ihr Bruder was vermacht hat.«

Eine halbe Stunde später saß Schneider im Wohnzimmer der Eheleute und las das Schriftstück mit dem Letzten Willen des Verstorbenen.

»Also, Sie beide sind die Haupterben. Sie bekommen das Haus und die Ersparnisse und Kapitalanlagen, wie hoch diese auch immer sein mögen. Und dann gibt es ein Sparbuch über zwanzigtausend Euro, ausgestellt auf den Namen Rüdiger Sauschläger, wohnhaft in Hannover. Wer ist Rüdiger Sauschläger?«

»Wenn wir das wüssten. Ernst hat diesen Namen nie erwähnt.«

»Gut, das werde ich herausfinden.«

Es war mittlerweile später Nachmittag. Schneider hatte die Schnauze voll. Er wollte endlich nach Hause. Aber die Sache mit dem unbekannten Erben ließ ihm keine Ruhe. Er suchte sich die Telefonnummer des Rüdiger Sauschläger heraus und wählte. Aber es nahm niemand ab. Dann fiel ihm ein, dass es diesen eher seltenen Namen auch in Clausthal-Zellerfeld gab. Er hatte sogar mal zu tun mit dieser merkwürdigen Familie. Also würde er einfach mal fragen, ob *dieser* Rüdiger vielleicht mit ihnen verwandt war. Das Problem war nur, dass er dieses eigentümliche Ehepaar kaum verstand. Hannes und Rita Sauschläger, jetzt fielen ihm die vollständigen Namen wieder ein, gehörten zu den letzten Exemplaren, die die Oberharzer Sprache beherrschten, dafür aber kein Hochdeutsch. Er suchte sich die Nummer heraus und wählte. Hannes Sauschläger nahm ab, und nach einigem Hin und Her klappte es auch mit der Verständigung.

»Was? Dar Rüdichar? Das is mein Gesäng. Na klar, der is hier. Fünnef Jahr lässt a sich net blicken, der Heini, und auf ämol stieht a vor dar Tür, der alberne Hund.«

»Könnten Sie ihm vielleicht ausrichten, dass ich ihn sprechen müsste?«

»Denn kumme Se doch änfach her.«

Sie verabredeten, dass er sich gleich ins Auto setzen und in einer halben Stunde da sein würde. Bevor er aufbrechen konnte, kam Irina herein, die ihren Chef über ihre Erkenntnisse unterrichtete, die sie in Hannover bezüglich der Vergangenheit des Mordopfers gewonnen hatte.

»Das hört sich interessant an. Ich habe auch noch eine neue Spur aufgetan, Irina. Kann ich Sie überreden, mich vielleicht noch nach Clausthal-Zellerfeld zu begleiten?«

10

Große Lust hatten zwar beide nicht, dass der Samstag sich arbeitsmäßig immer mehr ausdehnte. Aber sie mussten unbedingt weiterkommen. Im Auto berichtete Irina noch einmal in allen Einzelheiten, was sie in Hannover in Erfahrung gebracht hatte. Und Schneider brachte sie auf den neuesten Stand hinsichtlich des Testaments. Das Grundstück der Sauschlägers befand sich außerhalb von Clausthal. Gut versteckt hinter einem Wäldchen vermutete niemand eine menschliche Ansiedlung dahinter. Das Ehepaar Sauschläger hatte vor einigen Jahren das Areal mit den darauf befindlichen Bruchbuden erworben und aus dem total verwahrlosten Grundstück ein kleines Paradies geschaffen. Drei Häuser hatten sie schön renoviert. Eines bewohnten Rita und Hannes Sauschläger mit ihren sechs Kindern. Die beiden anderen waren für Gäste bestimmt, die allerdings nur selten kamen, da die Familie aufgrund ihres eigenwilligen Verhaltens und Lebensstils weder Freunde noch Verwandte hatte, die mit ihnen etwas zu tun haben wollten. Hannes hatte aufgrund seiner mangelnden Schulbildung kaum je gearbeitet. Und Rita rastete gern mal aus, wenn es ihr zu bunt wurde. Diverse Strafbefehle wegen Beleidigung hinderten sie nicht daran, Leuten, die ihr gegen den Strich gingen, auf mit Schimpftiraden der übelsten Art zu überziehen. Sie lebten ganz gut von der Erbschaft irgendeines Onkels, den sie gar nicht gekannt hatten.

»Na, auf die Leute bin ich mal gespannt«, sagte Irina, als ihr Chef sie über den Background der Familie aufgeklärt hatte.

Nachdem Schneider von der Straße abgebogen war, musste er noch den von Schlaglöchern übersäten Weg bis zum

Sauschlägerschen Grundstück passieren. Irina verzog das Gesicht. Als sie nach ein paar Hundert Metern ihr Ziel erreicht hatten, sagte sie: »Mein Gott, ist das eine Idylle hier.«

Drei gut instandgesetzte Wohnhäuser und ein sanierungsbedürftiges, sowie ein alter Schuppen mit eingebrochenem Dach — alles umsäumt von Sträuchern und Blumenrabatten, umgeben von Fichten und Laubbäumen, machten auf Irina einen unwirklichen Eindruck. Auf der Terrasse des großen Hauses saßen zwei Männer. Der Jüngere war unverkennbar Hannes Sauschläger, der sich nun ganz gemächlich erhob und auf das Auto zukam, gerade so, als ob zu viel Bewegung der Gesundheit nicht zuträglich wäre. »Na, da issa ja all«, begrüßte er Schneider und danach Irina mit Handschlag. »Da Rüdicha sitzt auf dar Terrass.«

Rüdiger Sauschläger erhob sich und stellte sich den beiden vor. Zur Freude der Kommissare sprach er Hochdeutsch. Hannes fragte die Gäste, ob sie was trinken wollten. Beide lehnten ab. Die Ablehnung ignorierend, ging er ins Haus und kam mit Gläsern und einer Flasche Wasser wieder.

»Danke, Herr Sauschläger«, sagte Schneider. »Äh, könnten wir uns ungestört mit Ihrem Cousin unterhalten?«

»Na freilich. Ich vazieh mich im Haus.«

Rüdiger Sauschläger war fünfundsechzig Jahre alt, sah aber mindestens zehn Jahre älter aus. Ein verlebtes Gesicht, unklare, blaue Augen, ein paar ungepflegte graue Haarbüschel auf dem Kopf, zusammengesunkene Statur. *Irgendwie erbarmungswürdig*, dachte Irina.

Schneider eröffnete das Gespräch: »Herr Sauschläger, Sie sind ein Cousin von Hannes?«

»Ja, unsere Väter waren Brüder.«

»Und wo wohnen Sie?«

»In Hannover. Als ich klein war, sind unsere Eltern mit uns da hingezogen.«

»Herr Sauschläger, kannten Sie einen Ernst Büttner?«

45

Etwas erstaunt über die Frage, antwortete er zögerlich: »Ja.«

»Und woher?«

»Als ich so zwölf, dreizehn Jahre alt war, kam ich für zwei Jahre in ein Heim in der Nähe von Celle, und Herr Büttner war da Erzieher.«

»Verzeihen Sie, wenn ich das frage. Warum kamen Sie ins Heim?«

»Ich hatte als Kind ein paar Mal Mist gebaut. Das Jugendamt hat gesagt, meine Eltern kämen mit mir nicht zurecht. Das ging damals ganz schnell. Zack, kam man ins Heim.«

»Und welches Verhältnis hatten Sie zu Büttner?«

Er überlegte etwas und antwortete dann: »Kein Besonderes. Er gehörte irgendwie zu denen, die nicht ganz so scharf waren. Andere haben gleich drauflosgeschlagen. Büttner hat sich bemüht, uns wie Menschen zu behandeln. Außerdem hat er sich dafür eingesetzt, dass ich nach zwei Jahren wieder raus kam.«

»Sind Sie in Kontakt mit ihm geblieben?«

»Nein, ich wollte von dem ganzen Zeug nichts mehr wissen. Vor ein paar Jahren sind wir uns zufällig über den Weg gelaufen. Das war in Goslar auf einem Stadtfest. Ich saß am Tisch und habe Kaffee getrunken. Da kam ein älterer Herr und setzte sich neben mich. Wir haben uns unterhalten. Irgendwie kam er mir bekannt vor. Seine Sprache, sein ganzes Gehabe. Und dann fiel der Groschen. Ich fragte ihn einfach, ob er Herr Büttner sei. Er war total erstaunt. Wir bummelten dann aus dem Trubel weg und setzten uns abseits auf eine Bank. Und nach einiger Zeit konnte er sich an mich erinnern. Er wollte, dass ich ihm aus meinem Leben erzähle. Das war ja nun nicht so toll. Ich erzählte, dass es mir im Heim und auch danach schlecht ging, und ich noch als Erwachsener Albträume hatte, was da alles im Heim passiert war. Und dass ich in meinem Leben nichts auf die Reihe gekriegt hatte. Beruf, Ehe — alles war ein riesengroßer Mist bei mir. Er hörte zu und hatte Mitleid. Er bat dann um meine Telefonnummer. Und er hat mich tatsächlich ein paar Mal angerufen. Und zwei Mal hat er mir sogar Geld geschickt, als es mir so richtig dreckig ging. Er war im Alter zu einem mitfühlenden Menschen geworden.«

»Und wann hatten Sie das letzte Mal Kontakt zu ihm?«

»Das ist bestimmt schon ein paar Jahre her. Und heute Morgen bekam ich dann von einem Anwalt eine Kopie seines Testaments. Ich war ganz erstaunt, dass er mir etwas vermacht hat. Da habe ich meinen Cousin angerufen, ob ich kommen könnte. Ich wollte sowieso mal raus, und ich möchte von hier aus nach Bad Harzburg fahren, um vielleicht Kontakt aufzunehmen zu seiner Familie. Auch um zu erfahren, wann er beerdigt wird. Aber vielleicht verraten Sie mir mal, warum die Polizei sich um den Tod von Herrn Büttner kümmert.«

»Weil er ermordet wurde.«

»Was? Das gibt es doch nicht.«

Ein Alibi für den Zeitpunkt des Mordes hatte er nicht. Er sei allein zu Hause gewesen. Schneider bestellte ihn für Montagmorgen auf die Dienststelle.

Als sie wieder im Auto saßen, resümierte Irina: »Also, Rüdiger war in einem dieser berüchtigten Erziehungsheime in Norddeutschland. Er hat gelitten. Nicht nur während dieser Zeit, sondern für den Rest seines Lebens. Büttner war dort Erzieher und damit Mitverursacher der Misere. Viele Jahre später trifft er ihn wieder. Büttner unterstützt ihn finanziell, sei es aus Schuldgefühlen heraus oder weil er erpresst wurde. Wer weiß, wie das Verhältnis der beiden wirklich war? Vielleicht hat dieser Sauschläger einfach späte Rache genommen. Also, für mich ist er nicht aus dem Schneider.« Dabei schaute sie ihren Chef an und musste lachen.

Schneider sagte ganz ernsthaft: »Er kommt ja am Montag zu einer weiteren Befragung. Und bei der Gelegenheit müssen wir ihn erkennungsdienstlich untersuchen lassen. Sollten Spuren am Opfer oder in dessen Wohnung sein, wird es eng.

Aber, ehrlich gesagt, ich glaube nicht daran.«

Während der Fahrt erhielt Schneider einen Anruf von seinem ebenfalls am Samstag arbeitenden Kollegen Schimpf, der ihn darüber informierte, dass er in den Unterlagen des Opfers einige interessante Dinge gefunden hatte. Da Schneider am Steuer saß, stellte er die Anlage auf laut: »Also, da gibt es zwei Überweisungen über jeweils fünftausend Euro an einen Rüdiger Sauschläger. Die eine vor drei Jahren, die andere vor anderthalb Jahren. Desweiteren gibt es einen bitterbösen Schriftverkehr, in dem Büttner einem Finanzdienstleister namens Klose vorwirft, ihn betrogen zu haben. Und er wolle seine hunderttausend Euro zurück. Der Schriftverkehr begann vor gut zwei Jahren und endete vor vier Wochen. Das wollte ich Ihnen nur vorab gesagt haben.«

»Prima, Herr Schimpf. Bitte legen Sie die Unterlagen in meinem Zimmer auf den Besuchertisch. Ich komme am Montag etwas früher und sehe mir die Sachen dann gleich an. — Na also«, sagte Schneider zu Irina. »So allmählich kommen wir doch weiter. Die Oberstaatsanwältin wollte am Montag noch mal reinschauen. Dann können wir ihr schon einiges vorweisen.«

»Ach du Schande, hoffentlich muss ich ihr nicht begegnen. Wenn diese Furie mich anmotzt, weiß ich nicht, was ich tue.«

»Ganz ruhig, Irina. Die putzt sich den Popo auch nur mit Klopapier ab.«

»Vielleicht sollte Sie's mal mit Schmirgelpapier versuchen.«

11

Am Montag war Schneider bereits gegen halb acht in seinem Büro. Er studierte die Unterlagen, die Kollege Schimpf ihm hingelegt hatte. Ernst Büttner hatte Rüdiger Sauschläger tatsächlich zweimal Geld überwiesen. Das machte ihn nicht verdächtig. Dass er ihn in seinem Testament mit zwanzigtausend Euro bedacht hatte, war schon fast eine Entlastung. Denn sollte er Büttner irgendwie erpresst oder unter Druck gesetzt haben, hätte er ihn bestimmt nicht in seinem Letzten Willen berücksichtigt. Als er sich den Schriftverkehr mit dem Finanzberater Klose vornahm, kam Irina ins Zimmer, der es auch unter den Nägeln brannte, weiterzukommen.

»Na, Irina, trotz des verpatzten Wochenendes schon wieder hier?«

»Ich war am Sonntag bei meiner Familie und habe mich durchfüttern und verwöhnen lassen. Jetzt kann ich wieder richtig ranklotzen.«

»Prima, dann gebe ich Ihnen mal den Vorgang mit dem Finanzberater mit. Machen Sie sich schlau. — Äh, was ist das?«

Schneider entdeckte gerade eine Liste mit Autokennzeichen und den dazugehörigen Namen und Adressen.

»Das sind sicherlich die Kfz-Kennzeichen, die die Kollegen kurz nach der Tat am Baumwipfelpfad notiert haben«, sagte Irina.

»Ah, das ist ja interessant.«

Er überflog die Liste kurz und hielt dann inne: »Das gibt es doch nicht. Ein Auto, das unserem Freund Hannes Sauschläger gehört, war auch da geparkt. Na, so ein Zufall. Irina, bitte veranlassen Sie, dass das Ehepaar Sauschläger ebenfalls gleich hier antanzt. Cousin Rüdiger hatten wir für zehn Uhr bestellt. Dann sollen sie am besten gleich mitkommen.«

»Na, das ist ja ein Ding. An solche Zufälle glaube ich eigentlich nicht. Ich kümmere mich sofort«, sagte sie und verschwand aus Schneiders Zimmer.

Gegen halb zehn kreuzte die Oberstaatsanwältin auf. Mit ihrem knallroten Hosenanzug sah sie aus wie ein Feuerteufel. Ihren gigantischen Zopf hatte sie sich heute ganz weit nach oben geschlängelt. Schneider musste sich ein Lachen verkneifen, weil er an eine Art Bienenkorb dachte. Mit ihrer Haarpracht war sie heute bestimmt über zwei Meter groß. Offenbar hatte sie auch noch gute Laune: »Guten Morgen, Herr Schneider. Kann ich mit der Hoffnung schwanger gehen, dass Sie übers Wochenende ein Stück weitergekommen sind?«

»Sie können, Frau Oberstaatsanwältin.«

Er informierte sie über das, was Irina bei der Landeskirche in Hannover herausgefunden hatte, und natürlich über das Gespräch mit Rüdiger Sauschläger. Als i-Tüpfelchen erwähnte er den zur Tatzeit in der Nähe des Baumwipfelpfades geparkten Wagen der Sauschlägers.

»Na, das ist ja hochinteressant. Ich möchte bei der Vernehmung dieser Leute dabei sein. Die Woche beginnt ganz nach meinem Geschmack. Es wäre doch ein echtes Erfolgserlebnis, wenn ich heute noch Haftbefehle beantragen könnte. Dafür lasse ich meine Arbeit in Braunschweig gern für einen Tag liegen.«

Sie bat Schneider, ihr alles, was er über die Sauschläger-Sippe wusste, zu erzählen. Als er in diesem Zusammenhang den Namen Lilly Höschen erwähnte, die ja eine gute Freundin der besagten Familie war, machte es *klick* bei Zicke-Sandelholz: »Ich wusste doch, dass diese alte Tulle nicht sauber ist. Bestellen Sie sie gleich mit. Dann heben wir die ganze Bande aus.«

»Frau Oberstaatsanwältin, das halte ich für keine gute Idee. Wir können nicht schon wieder auf Verdacht eine Dame dieses Alters ...«

»Blablablabla!!!«, übertönte sie den Hauptkommissar. »Tun Sie, was ich Ihnen sage. Mit Ihrem Kuschelkurs kommen wir nicht weiter. Ich glaube, es war höchste Zeit, hier mal nach dem Rechten zu sehen.«

So viel zum Thema gute Laune, dachte Schneider. Dass die Staatsanwaltschaft sich so intensiv in die Polizeiarbeit einmischte, hatte er noch nicht erlebt.

Als die Sauschlägers um Punkt zehn Uhr eintrafen, wurde Rüdiger gleich zum Erkennungsdienst gebracht und Hannes und Rita in ein Vernehmungszimmer. Dann betrat Schneider den Raum, begrüßte die beiden freundlich mit Handschlag und sagte: »Es ist nett, dass Sie so kurzfristig gekommen sind. Aber wir bearbeiten hier einen Mordfall, bei dem Sie uns vielleicht helfen können.«

»Da Rüdicha hat all gesaacht, dass da son aldar Krepel abgemorkst worde.«

Die Oberstaatsanwältin hatte sich die Leute erst mal vom Nebenraum durch die Scheibe angesehen. Angesichts der Freundlichkeit des Hauptkommissars bekam sie fast einen Wutanfall und sagte zu sich selbst: »Dieses Weichei! *Es ist nett.* Der piept wohl.«

Daraufhin betrat sie wie ein Dragoner das Vernehmungszimmer und Schneider sagte: »Das ist die Frau Oberstaatsanwältin.«

Hannes, der in seiner Johnny-Cash-Lieblingskluft erschienen war, verschränkte die Arme demonstrativ vor der Brust, und Rita, die heute eine erstklassige Fälschung eines Gucci-Kostüms aus Taiwan trug, fing an zu kichern, als sie die monströs wirkende Oberstaatsanwältin in ihrem knallroten Hosenanzug sah.

Ohne ein Wort der Begrüßung setzte sie sich neben Schneider und fragte: »Was haben Sie am Donnerstag in Bad Harzburg gemacht?«

Die beiden sahen sich fragend an. Rita zuckte mit den Schultern, bis Hannes schließlich das Wort ergriff: »Nüscht.«

»Erzählen Sie doch keine Märchen. Ihr Auto ist dort am Kurpark gestanden.«

Wieder sahen sich die beiden an. »Am Kurpark? Na, vielleicht hat es Audo da ne Kur gemacht. Deshalb ja der Name Kurpark.« Als Hannes seinen Satz beendet hatte, fingen er und Rita an zu lachen.

»Jetzt ist aber Schluss mit lustig! Wer von Ihnen war in Bad Harzburg? Oder waren Sie beide da? Vielleicht sogar zusammen mit Ihrem Cousin Rüdiger?«

Rita, der die unfreundliche Behandlung nun merklich gegen den Strich ging, sagte zu ihrem Mann: »Wenn dis alberne Jettchen glaubt, dass ich mit der sprach, denn isse aufm falschn Dampfer. Lefft hier rum wie ne Kartenabreißerin beim Zörkus und reißt de große Fresse auf.«

Die Oberstaatsanwältin hatte es nicht verstanden, wusste aber, dass Rita etwas Beleidigendes gesagt hatte und schaute Schneider daher fragend an.

»Tut mir leid«, sagte dieser, »ich komme mit der Oberharzer Sprache auch nicht zurecht. Vielleicht sollten wir versuchen, einen Dolmetscher zu kriegen.«

Daraufhin verfielen Hannes und Rita wieder in ein lautes Gelächter.

Dann sagte Schneider, an die Sauschlägers gerichtet: »Fakt ist, dass Ihr Auto mit dem amtlichen Kennzeichen GS-SU 999 am Donnerstag dort geparkt hat.«

»Na und?«, fragte Hannes.

»Vielleicht sagen Sie uns, wer von Ihnen das Auto dort geparkt hat.«

»Käner.«

»Haben Sie Ihr Auto verliehen?«

»Nä, mir ham ja kän Audoverleih.«

Und wieder einige Lachsalven.

Jetzt riss der Oberstaatsanwältin der Geduldsfaden, wenn sie überhaupt einen hatte: »Sie verstehen offenbar nicht den Ernst Ihrer Lage. Es geht um Mord, verdammt noch mal!«

»Und Sie vastehn kän Deutsch. Mir ham kän Audo valiehn, mir warn aach net in Harzborch und nun basta. Das Audo gehört unnarer Tochter, und die arrebt in Harzborch.«

»Was macht Ihre Tochter?«, fragte Zicke-Sandelholz.

Schneider war in der Lage zu übersetzen: »Die Tochter arbeitet in Bad Harzburg.«

Die Oberstaatsanwältin war einem Nervenzusammenbruch nahe. Sie sprang auf und schrie die Sauschlägers an: »Warum sagen Sie das nicht gleich, verdammt noch mal?«

In diesem Moment löste sich die Klammer, mit der sie ihre gigantische Haarpracht zu einer Art Bienenkorb zusammengehalten hatte. Der lange Zopf dröselte sich auf, bis das Ende auf den Tisch fiel. Rita bekam jetzt einen hysterischen Lachanfall, eigentlich mehr eine Art Schreikrampf. Hannes klatschte vor Vergnügen in die Hände und trommelte anschließend auf den Tisch. Schneider verbarg sein Gesicht in den Händen, um sein Lachen zu vertuschen.

Zicke-Sandelholz brüllte: »Hauen Sie ab. Ich hab die Schnauze voll von Ihnen. So ein Pack ist mir in meinem ganzen Leben noch nicht untergekommen.«

Damit verließ sie eilig das Zimmer, um sich zum Waschraum zu begeben. Lachend verabschiedete Schneider die Sauschlägers. An der Vernehmung Rüdigers wollte die Oberstaatsanwältin dann nicht mehr teilnehmen. Stattdessen holte er Irina dazu, und der Mann erzählte alles genau so, wie er es am Samstag schon vorgetragen hatte.

Nachdem die drei Sauschlägers gegangen waren, erschien Lilly Höschen. Zicke-Sandelholz hatte auch an dieser Zeugin das Interesse verloren.

In Schneider begann es allmählich zu kochen: »Frau Oberstaatsanwältin, Sie haben die Dame bestellt. Ich benötige keine weitere Aussage von ihr. Jetzt können Sie ihr auch sagen,
dass sie umsonst gekommen ist.«

Irina schaute höchst erstaunt, welche klaren Worte ihr
freundlicher, zurückhaltender Chef der Oberstaatsanwältin
an den Kopf schleuderte.

Zicke-Sandelholz sagte nur: »Pö, wenn es weiter nichts
ist.« Sie ging auf den Flur, wo Lilly bereits wartete und sagte dieser, ohne sie zu begrüßen: »Frau Höschen, Sie werden
hier nicht mehr benötigt. Vorerst. Wenn Sie noch einmal ge-
braucht werden, melden wir uns.«

Lilly traute ihren Ohren nicht und entgegnete: »Sagen Sie
mal, geht es Ihnen nicht gut? Sie bestellen mich am laufenden
Band hierher. Sogar unsere Kur mussten Frau Kuhfuß und ich
unterbrechen, um Ihnen behilflich zu sein. Ich reiße mir ein
Bein aus, um hier heute zu erscheinen. Und Sie sagen mir glatt
ins Gesicht: *angeschmiert.*«

»Wir sind die Justiz und sorgen für Ihre Sicherheit und für
Gerechtigkeit. Da ist es wohl nicht zu viel verlangt ...«

Weiter kam sie nicht. Lilly hatte sich erhoben und bum-
melte Richtung Ausgang, laut den *Ritt der Walküre* vor sich
hin singend: »Tatatataaata, tatatataaata, tatatataaaata, tata-
tataaaaaaa.«

Der Oberstaatsanwältin hatte es die Sprache verschlagen.
Sie stand mit offenem Mund da und glotzte der kleinen, alten
Frau hinterher. Dabei hatte sie das Hotelzimmer mit der lau-
ten Musik vor ihrem inneren Auge.

Zicke-Sandelholz reichte es. Auf so viele Verrückte, wie
ihr von Freitag bis Montag im Harz begegnet waren, stieß man
andernorts im ganzen Jahr nicht. Sie verabschiedete sich von
Schneider mit der Anweisung, sie täglich über den weiteren
Verlauf zu unterrichten. »Und wenn der Fall bis zum Wochenende nicht geklärt ist, werde ich weitergehende Maßnahmen
ergreifen«, sagte sie beim Hinausgehen.

»Ja, Sie uns auch«, sagte Irina, die am Besuchertisch in Schneiders Büro saß. Aber da war die Oberstaatsanwältin schon draußen. Lächelnd nahm Schneider nun neben seiner Mitarbeiterin Platz.

»So, was hat uns diese Aktion nun gebracht?«

»Die Erkenntnis, dass die Sauschlägers nichts mit der Sache am Hut haben. Jetzt müssen wir nur noch das Ergebnis des Erkennungsdienstes abwarten, ob Rüdiger Sauschläger auch als Täter wegfällt.«

»Richtig. Ich würde sagen, Herr Schimpf nimmt sich die anderen Kfz-Kennzeichen vor. Und Sie gehen an die Überprüfung der Heimzöglinge, die Ihnen der Kirchenrat genannt hat.«

»Mit Verlaub, Herr Schneider, das ist im Moment schlecht. Ich befasse mich gerade mit diesem Vermögensberater. Ich denke, ich sollte ihm schnellstens auf den Zahn fühlen. Kann die Heimzöglinge nicht eine Kollegin übernehmen?«

»Natürlich. Ich denke da an Frau Bierwandt. Reden Sie mit ihr und instruieren Sie sie. Sie hat das nötige Einfühlungsvermögen. Und was ist nun mit diesem Vermögensberater?«

»Herr Büttner hat ihm vor drei Jahren hunderttausend Euro anvertraut. Das Geld ist fest angelegt für fünf Jahre. Nach dem aktuellen Stand der Dinge ist dieser Anteil aber nur noch dreißigtausend Euro wert. Und wenn eine Auszahlung vor Ablauf der fünf Jahre verlangt wird, gehen davon noch einmal zwanzig Prozent Gebühren ab. Dieser Klose hat versucht, Büttner zu vertrösten, dass nach Ablauf der fünf Jahre mit großer Wahrscheinlichkeit eine erhebliche Steigerung zu erwarten sei.«

»Das hört sich sehr windig an. Was haben Sie denn über den Typen bisher herausgefunden?«

»Im Internet gibt es ein Forum, wo sich einige Leute bitter über diesen Herrn beklagen und ihm Betrug vorwerfen. Aber es gibt auch etliche Stimmen, die ihn in den Himmel loben. Für mich sieht diese Lobhudelei nach einem Fake aus. Bei der

Staatsanwaltschaft liegt nichts vor. Es hat ihn also noch niemand wegen Betruges angezeigt.«

»Tja, Irina, das ist ja alles sehr interessant. Aber ich kann mir kaum vorstellen, dass ein Finanzberater seine Kunden umbringt, weil sie ihm zu unbequem werden.«

»Was mir zu denken gibt, ist der letzte Brief Büttners, in dem er diesem Klose droht, die Behörden über etwas ganz anderes zu informieren, er wisse schon, was.«

»Hört sich mysteriös an. Also, besuchen Sie ihn. Aber nicht allein. Wo wohnt er denn?«

»In Bad Harzburg.«

»Na, das ist ja praktisch.«

12

Sie besuchte ihn doch allein. Gerhard Klose bewohnte ein unauffälliges Einfamilienhaus in Bad Harzburg. Am Klingelschild stand Bentley-Klose. Einen Hinweis auf seine Tätigkeit als Finanzdienstleister gab es nicht. Als er ihr die Tür öffnete, stand sie einem unglaublich gut aussehenden, charmantem Mann gegenüber. Er war zwar nicht viel größer als sie selbst, also etwa einsfünfundsiebzig, aber sein Lächeln war die reinste Verführung. Sein dunkles, leicht angegrautes Haar, die schönen Gesichtszüge, die gesunde Farbe, Körperbau und saloppe Kleidung machten ihn geradezu zu einem Musterexemplar von Mann. Und dann erst die Stimme.

Natürlich wusste Irina nicht, dass der Mann sein Geld in jungen Jahren als Pornodarsteller verdient hatte. Als ihm die Sache irgendwann zu beschwerlich wurde, besann er sich auf seine Bankausbildung und versuchte sich in Finanzdienstleistungen. Das lief zunächst nicht sonderlich gut. Aber dann tat er sich mit einem Investor für alternative Energieanlagen zusammen. Dieser zahlte so grandiose Provisionen, dass er nur ein Dutzend Abschlüsse im Jahr machen musste, um ein sorgenfreies Leben führen zu können. In den letzten Jahren ging das Geschäft allerdings steil bergab, weil viele Windkraft- und auch Biogasanlagen nicht das brachten, was man sich einst davon versprochen hatte. Es gab einige Pleiten, und die Leute, denen er diese Anteile verkauft hatte, hielten sich an ihn. Er hatte sogar schon wieder angefangen, einen Fuß ins Pornogeschäft zu setzen. Natürlich nicht mehr als Darsteller, sondern als Produzent. Ihm selbst machten diese Filmchen keinen Spaß, da er für diese jungen Damen, die die Konsumenten sehen wollen, nichts übrig hatte. Privat bevorzugte er eine ganz spezielle Art von Frau, die sich auf einem breiten Markt nicht verkaufen ließ.

Die untere Etage des Hauses bestand praktisch nur aus einem Raum, einer Kombination aus Wohn- und Arbeitszimmer mit großer Küchentheke. Alles sehr geschmackvoll und teuer eingerichtet. Er bat Irina einen Platz in der weißen Sitzgruppe an und fragte, ob sie einen Kaffee mittrinken würde.

»Vielleicht einen Latte?«

»Ja, das wäre wunderbar.«

Er bediente die große Kaffeemaschine und kam mit zwei hohen Gläsern zurück. Lächelnd fragte er: »Was kann ich für Sie tun?«

Sie hätte sich mit ihm viel lieber über alles Mögliche unterhalten, riss sich aber am Riemen. »Sie kennen einen Herrn Erich Büttner?«

»Ja. Er ist mein Klient. Und früher war er mal mein Lehrer.«

»Ach, das ist ja interessant. Herr Büttner ist am Donnerstag ums Leben gekommen. Besser gesagt: Er wurde ermordet.«

»Um Gottes willen! Wer tut denn so was?«

»Das herauszufinden ist meine Aufgabe. Aber lassen Sie mich vorher noch etwas klären. An der Tür steht Bentley-Klose. Sie wohnen hier nicht allein?«

Und wieder dieses unglaubliche Lächeln: »Doch. Ich *bin* Bentley-Klose. Meine Frau, mit der ich allerdings nur kurz verheiratet war, heißt Bentley. Sie ist zurück nach England gegangen. Der Einfachheit halber habe ich diesen Doppelnamen stehen lassen, da immer noch viel Post unter Bentley ankommt. Rein juristisch heiße ich nur noch Klose. Wenn ich beides auseinanderhalten will, nenne ich mich privat aber manchmal noch Bentley. Ist nicht ganz korrekt, aber so bin ich halt.«

»Gut. Herr Klose, ich muss von Ihnen wissen, wo Sie sich am Donnerstagmittag zwischen dreizehn und vierzehn Uhr aufgehalten haben.«

»Oh, Sie verdächtigen mich? Ähm, da war ich hier. Allein. Also kein Alibi«, sagte er mit einem verschmitzten Lächeln.

»Den Unterlagen des Herrn Büttner habe ich entnommen, dass es Ärger gab zwischen Ihnen. Es ging um eine Investition von hunderttausend Euro, deren Wert ganz schön zusammengeschmolzen ist.«

»Richtig. Das Geschäft in diesem Bereich ist leider ordentlich den Bach runtergegangen. Aber das wird schon wieder. Ohne Geduld und eine längerfristige Perspektive sollte man überhaupt nichts anlegen. Genau das habe ich damals auch Herrn Büttner gesagt. Und er hat mir das auch in einem schriftlich niedergelegten Gesprächsprotokoll unterschrieben. Also, so ärgerlich es ist — übrigens auch für mich, ich habe keinen Einfluss auf den Erfolg der Firmen, in die investiert wird, ebenso wenig auf die Aktienkurse.«

»Okay, dann wäre da noch eine Sache. Herr Büttner hat Ihnen eine Art Drohbrief geschrieben. Darin heißt es sinngemäß, dass er die Behörden über etwas informieren würde, wenn er sein Geld nicht zurückbekäme. Was kann er damit gemeint haben?«

Jetzt verzog Klose das Gesicht zu einer Grimasse wie ein kleiner Junge, der dabei erwischt wird, wie er die ihm verbotenen Süßigkeiten aus dem Schrank stibitzt: »Ich lege hiermit ein vollständiges Geständnis ab und bitte um die Einräumung mildernder Umstände. Ich habe ein kleines Sexfilmchen produziert. Das ist ja nicht strafbar. Nur, die Aufnahmen haben nicht in geschlossenen Räumen oder auf einem nicht einsehbaren Grundstück stattgefunden, sondern in freier Natur. Genauer gesagt: im Kalten Tal an einer idyllischen Stelle, wo sonst kaum ein Mensch hinkommt. Aber ausgerechnet an dem Tag spazierte Herr Büttner dort herum. Ich habe die Kamera geführt und den Darstellern Anweisungen gegeben. Und der gute Mann stand da wie vom Blitz getroffen. Ich sagte noch: *O, Herr Büttner, das ist mir jetzt aber peinlich.* Aber er wiegelte ab und meinte, das sei ja nichts Außergewöhnliches. Nur der Ort sei wohl nicht passend. Dann ging er weiter. Sie können sich sicherlich vorstellen, dass ich ziemlich enttäuscht war, als er mir über ein Jahr später damit drohte. Ich weiß allerdings nicht, wie lang er schon zugeschaut hatte und ob er möglicherweise Fotos von mir und den Darstellern gemacht hat.«

»Hm.« Mehr konnte Irina im Moment nicht dazu sagen. Erst nach einer längeren Pause fragte sie: »Dieses Filmchen — äh, war das für private oder gewerbliche Zwecke?«

»Gewerblich. Ich war früher mal in dieser Branche als Darsteller und später auch als Produzent tätig. Und seit es nicht mehr so gut läuft mit dem Finanzgeschäft, betätige ich mich gelegentlich wieder als Produzent. Ich hoffe, Sie sind jetzt nicht schockiert.«

»Schockiert wäre ich, wenn Sie einen alten Mann umgebracht hätten.«

Ihrem Chef berichtete Irina erst am nächsten Morgen über ihren Besuch: »Also, der Mann ist einfach traumhaft. Er sieht fantastisch aus und ist rundherum sympathisch. Er hat für die Tatzeit kein Alibi. Aber ein Motiv kann ich auch nicht erkennen. Nur, leider habe ich erst heute Morgen kontrolliert, ob sein Wagen in der Nähe des Tatortes stand.«

»Und?«

»Treffer. Ich könnte mir in den Hintern beißen, dass ich das nicht schon gestern gemerkt habe. Dann hätte ich ihn gleich mit seiner Lüge konfrontieren können.«

»Nun, dann haben Sie jetzt einen Grund, ihn hierher zu bestellen.«

»Das mache ich sofort.«

»Gut, dann nehme ich ihn mir mal zur Brust. Wenn er für Sie eine Art Traummann ist, könnte ja vielleicht Ihre Objektivität etwas ins Hintertreffen geraten.«

Irina sah ihren Chef gespielt böse an: »Eher nicht. Ein Mann, der mal als Pornodarsteller gearbeitet hat und Sexfilme produziert, kommt für mich eher nicht infrage.«

Eine Stunde später saß Gerhard Klose, der sich gelegentlich auch Bentley nannte, im Verhörzimmer. Schneider, der die Befragung allein durchführte, konfrontierte ihn mit seinen falschen Angaben. Klose lege den Ellenbogen auf den Tisch und stützte seinen Kopf mit seiner Hand, verzog das Gesicht zu einer schuldbewussten Mine.

»Ich weiß. Ich bin so blöd, dass ich gelogen habe. Ich war an dem Tag in der Nähe des Kurparks, um einen Kunden zu besuchen. Namen und Telefonnummer kann ich Ihnen geben. Das Gespräch dauerte nicht lange. Anschließend habe ich in der Nähe eine Kleinigkeit gegessen. Und als ich zu meinem Wagen kam, war da überall Polizei.«

»Wussten Sie, warum dort Polizei war?«

»Erst am nächsten Tag habe ich es erfahren. Also nicht, dass es sich um Herrn Büttner handelte, sondern nur, dass irgendjemand zu Tode gekommen war. Und als Ihre Kollegin mich verdächtigte, habe ich gedacht, es sei besser, wenn ich nicht da in der Nähe war.«

»Ich muss Ihnen recht geben. Es war ausgesprochen blöd, zu lügen. Denn dadurch haben Sie sich erst verdächtig gemacht. Selbst wenn Sie dort einen Kunden besucht und anschließend gegessen haben, hätten Sie wahrscheinlich genug Zeit gehabt, auf den Baumwipfelpfad zu gehen, um Herrn Büttner in die Tiefe zu stürzen.«

Klose war mit einer erkennungsdienstlichen Untersuchung einverstanden. Schneider musste Irina recht geben: Der Mann hatte was. Obwohl Schneider es nicht leiden konnte, belogen zu werden, war der Typ ihm einfach sympathisch. Er schickte ihn nach Hause. Die weitere Untersuchung würde zeigen, ob an der Kleidung des Opfers DNA-Spuren von Klose zu finden waren.

13

Die Leiche des Opfers war freigegeben. Außer den zerschmetterten Knochen und den sonstigen Verletzungen, die durch den Sturz verursacht worden waren, wurde nichts Außergewöhnliches festgestellt. Büttner war für sein Alter recht gut in Form gewesen. Bereits am Donnerstag, eine Woche nach seinem Tod, fand die Beerdigung statt. Schneider betrat den Friedhof, als die kleine Trauergemeinde gerade die Kapelle verließ. Den Kollegen Schimpf hatte er gebeten, aus dem Hintergrund, natürlich möglichst unauffällig, Fotos von den Trauergästen zu machen. Neben der Schwester Büttners und deren Mann, erkannte Schneider die Nachbarin, die er befragt hatte. Ansonsten ein paar ältere Leute. Ein Mann und eine Frau, beide sicherlich in den Achtzigern, verließen als Erste den Friedhof. Schneider ging auf sie zu und gab sich als Hauptkommissar zu erkennen. Die Frau stellte sich als Heide Harrach vor und der Mann als Adolf Ehrenberg. Beide wohnten in Braunlage. Schneider notierte sich ihre Adresse — sie wohnten zusammen und gaben an, Freunde des Verstorbenen gewesen zu sein. Sie waren einverstanden, dass er sie am Nachmittag besuchte, um mehr über Büttner zu erfahren.

Wieder in seinem Büro, erhielt er die Nachricht, dass von Rüdiger Sauschläger keinerlei Spuren an der Kleidung des Toten gefunden worden waren. Also war das Kapitel Sauschläger damit endgültig erledigt.

Dann kam seine Mitarbeiterin Bierwandt, um ihn zu informieren, dass sie insgesamt nur vier ehemalige Heimzöglinge des Herrn Büttner ausfindig gemacht hatte. Drei wohnten in erreichbarer Nähe. Er würde Irina bitten, diese zu besuchen.

62

Die Liste mit den in der Nähe des Tatorts geparkten Autos brachte keinen weiteren Aufschluss. Im Grunde lauter unverdächtige Leute, die nur dann interessant werden konnten, wenn jemand aus anderen Gründen unter Verdacht geriet, wie zum Beispiel im Fall Klose.

Er setzte sich hin und schrieb seinen Bericht an die Oberstaatsanwältin. Falls es diesem Dragoner nicht reichte, was sie bisher herausgefunden hatten, sollte sie doch das LKA hinzuziehen. Vielleicht hatte er auch erst mal Ruhe vor ihr nach ihrer Blamage bei den Vernehmungen der Sauschlägers. Er würde weiterhin gewissenhaft seine Arbeit machen und sich nicht von solchen Selbstdarstellern wie Zicke-Sandelholz aus der Ruhe bringen lassen.

Eine Beamtin brachte ihm die Liste der Telefonverbindungen Büttners der letzten vier Wochen. Sehr kommunikativ schien er tatsächlich nicht gewesen zu sein. Ein paar Gespräche mit seiner Schwester, eine Verbindung mit einem Handwerker. Und einen Tag vor seinem Tod hatte er mit Frau Harrrach in Braunlage telefoniert, die er heute Nachmittag besuchen würde.

14

1952 war das Jahr, in dem Heide Harrach, gerade mal siebzehn Jahre alt, mit Glanz und Gloria ihre Prüfung als Köchin abgelegt hatte. Es war das Jahr, in dem wieder spürbar mehr Menschen es sich leisten konnten zu verreisen. Das kleine Hotel, das von Heides Mutter geführt wurde, war fast das ganze Jahr über ausgebucht; das war selbst vor dem Krieg noch nie vorgekommen. Und es war auch das Jahr, in dem Heide die Liebe entdeckte. Damals sah sie die Zukunft in leuchtenden Farben vor sich.

Heides Mutter Erika stammte aus einer Hoteliersfamilie in Wernigerode. Es lag ihr im Blut, ein Hotel zu führen. Da aber ihr ältester Bruder das elterliche Haus übernehmen sollte, blieb ihr nichts anderes übrig, als sich auf eigene Beine zu stellen oder zu heiraten. Sie tat beides, indem sie einen Hotelbesitzer in Bad Harzburg ehelichte. Sein Hotel war zwar nicht annähernd so groß und so fein wie das Unternehmen ihrer Familie. Aber mit ihrer spärlichen Mitgift und harter Arbeit gelang es, dieses Hotel zu einer guten Adresse zu machen. Als ihr Mann starb, waren die Töchter gerade mal drei, sechs und neun Jahre alt. Das war 1938. Heide, die Jüngste, wuchs quasi in der Küche auf. Josef, der Koch, war ganz vernarrt in das kleine Mädchen und brachte ihr alles bei, was einen guten Koch ausmacht. Mit fünf zauberte die Kleine ihre ersten Desserts, die den Gästen serviert wurden. Mit sieben kreierte sie eine Himbeertorte, die die Leute geradezu um den Verstand brachte, und mit zwölf, es war mitten im Krieg und die Ernährungslage alles andere als zufriedenstellend, holte sie säckeweise Bärlauch aus dem nahe gelegenen Kalten Tal, um das wenige Fleisch, das ihnen zur Verfügung stand, zu einem kulinarischen Erlebnis zu machen.

Die Mutter war froh, sich nicht groß um das Kind kümmern zu müssen. Für sie war außerdem klar, dass Heide einst die Nachfolgerin des mittlerweile in die Jahre gekommenen Kochs werden würde. Das kleine Restaurant war mittlerweile das Herzstück des Hotels geworden. Ohne rechtzeitige Reservierung konnte man hier nicht essen gehen. Erika war eine tüchtige und findige Frau, der es gelang, die Rationierungen während des Krieges und danach zu umgehen. Sie wusste, wie man an Wildfleisch kam, an frische Forellen, an Butter und Sahne. Dabei nutzte sie auch die Verbindungen zu den Nazigrößen, die hier gern zum Essen kamen oder übernachteten. Das Geschäft musste um jeden Preis aufrechterhalten werden.

Neben dem Kochen war Heides andere große Leidenschaft der Wald. Sie hatte sich zu einer wahren Kräuterspezialistin entwickelt. Dabei ging es ihr nicht nur darum, die Speisen zu verfeinern. Sie setzte ihre Kräuter auch ein, um Arzneimittel gegen allerlei Beschwerden herzustellen. Wann immer sie neben ihrer harten Arbeit Zeit hatte, ging sie in den Wald, am liebsten durch das Kalte Tal hinauf zum Molkenhaus und darüber hinaus. Und sie kam nie mit leeren Körben zurück. Oft brachte sie massenweise Pilze mit, mal fing sie verbotenerweise Forellen mit der Hand in den Bächen — und natürlich sammelte sie Kräuter in Hülle und Fülle. Manche Leute bezeichneten sie schon als Kräuterhexe.

Auch ihre selbstproduzierten Beerenweine, Kräuterliköre und -schnäpse waren gefragt. Holunderwein, Schlehenlikör, Sieben-Kräuter-Schnaps waren begehrte Mitbringsel aus dem Harz. Um das alles zu meistern, stand sie morgens um sechs Uhr auf, machte Frühstück, besorgte frische Lebensmittel. Morgens fing sie schon an zu backen, damit den Gästen am Nachmittag ihre Kuchenspezialitäten serviert werden konnten. Mittags bot sie nur zwei Gerichte an, dazu Vorspeise und Dessert. Und am Abend gab es nur ein Menü oder wahlweise kalte Platten. Die Qualität war so hervorragend, dass die Gäste voll des Lobes waren. Es kam öfters vor, dass ein Gast darum bat, der Köchin persönlich zu danken. Einmal, das war auch 1952, stellte sich ein Gast als Besitzer eines großen Hotels in der Schweiz vor. Er sagte ihr, falls sie jemals eine Stelle suche, solle sie an ihn denken. Mutter Erika, die dabei stand, sagte, dass der Platz ihrer Tochter hier sei.

Die Mutter gab ihrer Jüngsten nie das Gefühl, dass sie ihre Arbeit besonders schätzte. Es war selbstverständlich, dass sie den Laden schmiss. Der alte Josef war aufgrund seiner nachlassenden Kräfte mittlerweile zu einem Helfer in der Küche geworden. Die Hauptarbeit machte Heide. Dass sie oft einen Achtzehn-Stunden-Tag hatte, und das sieben Mal in der Woche, übersah sie geflissentlich. Und gegen alles Neue, was die Tochter einführte, wurde zunächst einmal gewettert. Als Heide aufgrund der Wünsche der Gäste einmal pro Woche einen Eintopf anbot, verzog die Mutter das Gesicht. Das sei diesem Hause nicht würdig. Die Gäste entschieden anders. Es kamen so viele Anmeldungen für den Eintopf-Tag, dass man zehnmal so viele Leute hätte bewirten können, wenn nur die Kapazität da gewesen wäre.

Für die älteren Schwestern war die Gastronomie eher eine Last. Silvia, die Älteste, saß die meiste Zeit an der Rezeption und erledigte nebenbei die Buchhaltung. Zum Bedienen war sie aufgrund ihrer Ungeschicklichkeit nicht geeignet. Und Rosemarie, die Mittlere, beschäftigte sich nur mit ihrer Schönheit. Sie hatte einen Bürojob und lauerte auf einen Mann, der am besten jung, schön und reich sein sollte. Die Mutter ging durchs Hotel wie eine Patriarchin und schikanierte Zimmermädchen, Waschfrau und Bedienung.

Eines Abends schneite die Liebe für Heide ins Hotel herein. Ein junger Mann, der für ein paar Nächte dort wohnte, betrat das Restaurant. Da heute eine Bedienung ausgefallen und der Speiseraum wie immer gut gefüllt war, half Heide auch noch beim Servieren. Als sie den Mann sah, war es um sie geschehen. Mittelgroß, volles dunkel gelocktes Haar, lächelte er Heide in ihrer weißen Küchenmontur an. »Was können Sie mir denn empfehlen?«

Sie hatte Mühe, ihre Stimme zu halten: »Unsere Speisekarte ist nicht sehr umfangreich. Mein Geheimtipp für ganz besondere Gäste — das steht allerdings nicht auf der Karte — wären frische Steinpilze. Ich habe sie heute Morgen selbst im Wald gesucht. Dazu frische Kräuter, Zwiebeln, etwas Knoblauch. Das Ganze in Butterschmalz gebraten und mit Sahne verfeinert. Dazu Rösti aus rohen Kartoffeln und eine Scheibe selbst gebackenes Graubrot.«

»Das hört sich fantastisch an.«

»Das *ist* fantastisch. Sie werden es lieben. Und dann sollten Sie noch ein Glas von meinem selbst gekelterten Holunderwein dazu trinken.«

Mit hochrotem Kopf kam sie in die Küche zurück. Josef schaute sie an wie ein Weltwunder: »Ist was mit dir? Du siehst aus, als hätte eine Fee Sternenstaub über dich gestreut.«

»Keine Fee, Josef. Ein Mann. Der wundervollste Mann, der mir je begegnet ist.«

15

Schneider machte sich auf den Weg nach Braunlage. Er liebte es, die Strecke von Bad Harzburg aus in die höheren Lagen des Harzes zu fahren. Die Straße war durchgehend von Wald gesäumt. Am Ziel schaute er aufs Thermometer und stellte fest, dass es hier exakt vier Grad kühler war als in Goslar. An Sommertagen war das sehr angenehm. Heide Harrach und Adolf Ehrenberg bewohnten ein kleines altes Haus in Braunlage. Es sah alles sehr gepflegt aus. Im Vorgarten blühten Rosen. Frau Harrach öffnete nach dem ersten Klingeln. Sie lächelte Schneider an und bat ihn herein. In dem kleinen Wohnzimmer war die Tür zum Garten hin geöffnet, durch die gerade Herr Ehrenberg eintrat und den Kommissar ebenfalls begrüßte. Frau Harrach bot Kaffee an, was Schneider nicht ausschlagen konnte. Die beiden alten Leute waren von einer solch natürlichen Freundlichkeit, dass Schneider sich sofort wohlfühlte.

»Es tut mir leid, dass ich Sie ausgerechnet heute befragen muss. Das ist ja sicherlich kein angenehmer Tag für Sie.«

»Aber ich bitte Sie«, sagte Frau Harrach, »Sie müssen doch Ihre Arbeit machen.«

»Darf ich zunächst einmal fragen, in welchem Verhältnis Sie beide zueinanderstehen und woher Sie den verstorbenen Herrn Büttner kannten?«

Herr Ehrenberg wollte gerade antworten, ließ aber der Dame den Vortritt: »Wir sind alle in Bad Harzburg aufgewachsen. Ernst Büttner und Adolf sind sogar zusammen zur Schule gegangen. Und als ich ein junges Mädchen war, war Adolf der Gemüselieferant des Hotels, das unserer Familie gehörte. Und

Ernst war mal mit meiner Schwester liiert. Sie haben aber dann doch nicht geheiratet. Ich bin dann später aus Bad Harzburg weggegangen. Ich habe lange in der Schweiz gewohnt. Vor ein paar Jahren kam ich dann zurück in den Harz und habe Adolf wieder getroffen. Da wir uns gut verstehen und beide nicht so gern einsam sind, haben wir beschlossen, zusammenzuziehen. Wir bilden also sozusagen eine Hausgemeinschaft. Man könnte auch sagen: Wir sind Lebensabschnittsgefährten.«

»Na, jetzt blicke ich schon mal durch. Und zu Herrn Büttner hatten Sie regelmäßig Kontakt?«

Jetzt antwortete Ehrenberg: »Das kann man so nicht sagen. Er war ja auch etliche Jahre weg und kam dann irgendwann zurück, um als Lehrer zu arbeiten. Aber in all den Jahren hatten wir kaum miteinander zu tun. Es konnte sein, dass man sich mal zufällig begegnet ist. Seit Heide wieder hier ist, haben wir uns ein paar Mal gesehen. Das war aber keine besonders intensive Beziehung. Nur, als wir hörten, dass Ernst tot war, hatten wir das Bedürfnis, zur Beerdigung zu gehen, um uns zu verabschieden.«

»Wir haben festgestellt, dass Sie mit Herrn Büttner einen Tag vor seinem Tod telefoniert haben.«

Heide schaute ihren Lebensgefährten fragend an, der auch gleich antwortete: »Ja, das war ich. Ich wollte nur mal hören, wie es ihm so geht und ob wir uns mal wieder treffen sollten. Wir haben aber nichts verabredet. Er wollte sich wieder melden.«

»Können Sie mir sonst noch irgendetwas über ihn erzählen? Offenbar hatte er ja kaum Freunde oder irgendwelche anderen Beziehungen.«

»Er hat sich, glaube ich, immer mehr eingeigelt. Seine Leidenschaft waren Steine, nicht so sehr Menschen. Geologie war sein Hobby. Zu Menschen hatte er nach dem Ausscheiden aus dem Schuldienst wohl wenig Kontakt. Mehr kann ich Ihnen gar nicht sagen. Wir hatten ja auch nicht mehr viel mit ihm zu tun. Am besten, Sie fragen seine Schwester und ihren Mann.«

»Gut. Das war es eigentlich schon. Nur noch eine Frage: Können Sie sich vorstellen, wer ihn umgebracht hat? Oder aus welchem Grund jemand das getan haben könnte?«

Die beiden alten Leute sahen sich fragend an, bis Frau Harrach antwortete: »Beim besten Willen nicht. Es hat doch niemand etwas davon. Und dass irgendein Mensch ihn so gehasst hat, um ihm das anzutun, kann ich mir auch nicht vorstellen.«

»Es ist uns ein Rätsel«, fügte Ehrenberg noch hinzu.

»Tja, dann danke ich Ihnen vielmals für Ihre Zeit und für den Kaffee. Sollten mir noch irgendwelche Fragen einfallen, melde ich mich.«

Frau Harrach brachte den Kommissar zur Tür. Schneider verabschiedete sich und sagte mit Blick auf die Rosen im Vorgarten: »Schön haben Sie's hier. Alles Gute.«

Das war nicht sehr ergiebig, dachte Schneider, als er wieder ins Tal hinunterfuhr. Von allen, die ihn gekannt hatten, wurde Büttner als völlig unauffälliger, zurückgezogen lebender Mann beschrieben. Welche Leiche hatte er im Keller liegen, die jemanden dazu bringen konnte, diesen alten Mann zu ermorden?

Als er wieder im Büro saß, kam Irina herein.

»Na, haben Sie den Mörder gefasst?«, fragte Schneider scherzhaft.

Erschöpft ließ sie sich in den Besucherstuhl sinken und antwortete: »Weit davon entfernt. Ich habe drei ehemalige Heimzöglinge besucht. Ich war in Celle, Salzgitter und Wolfenbüttel. Zwei konnten sich nur vage an Büttner erinnern. Sie haben diese Zeit offenbar erfolgreich verdrängt. Der Andere ist total versumpft. Er redet über die Leute in dem Heim nur von Arschlöchern. An Büttner hat er keine Erinnerungen. Er meinte, dann müsse er wohl eher zu den kleineren Arschlöchern gehört haben. Also, ich sehe bei keinem der drei Männer ein Motiv. Und ich kann mir kaum vorstellen, dass er in diesen Jahren soviel Hass verbreitet hat, dass Jahrzehnte später jemand getrieben wird, ihn umzubringen.«

»Tja, auch mein Besuch bei den alten Bekannten des Ermordeten hat nichts ergeben. Er war ein unauffälliger, kontaktarmer Mensch. Damit bleibt unser einziger vager Verdächtiger der Finanzdienstleister und Pornoproduzent Klose. Und das auch nur, weil sein Wagen in der Nähe des Tatorts stand und er vom Zeitlichen her kein wasserdichtes Alibi hat. Aber wo ist das Motiv?«

16

Am nächsten Abend kam er wieder. Heide lugte durch die Tür und bekam Herzklopfen. Als Renate, die Serviererin, ihn bediente, bestellte er etwas zu trinken und fragte nach der freundlichen Köchin.

»Ach, Sie meinen Heide, die Küchenchefin.«

Diese ließ alles stehen und liegen und bat Josef, sich zu kümmern. Nach einem ausführlichen Gespräch über die kulinarischen Besonderheiten des Harzes und ihren speziellen Vorstellungen über gutes Essen kam sie in die Küche zurück und bereitete ihm eine Platte mit Wurst-, Schinken- und Käsespezialitäten der Region, dazu noch ein geräuchertes Forellenfilet, Gurken, Tomaten und Radieschen. Alles wunderbar garniert. Josef fragte: »Ist das so eine Art Präsidentenplatte?«

Nachdem er ausgiebig gespeist hatte, brachte sie ihm noch ein eigens zubereitetes Dessert aus selbst gemachtem Vanilleeis, frischen Beeren und Sahnebaiser mit Heidelbeersoße. Andere Gäste fragten erstaunt, was das denn für eine grandiose Nachspeise sei und ob sie auch so etwas bekommen könnten. Als er gehen wollte, brachte sie ihm noch ihren besonders gut gelungenen Kräuterlikör.

Danach musste sie sich erst einmal setzen vor Aufregung, während Josef anfing zu singen: *Die Liebe, die Liebe ist eine Himmelsmacht.*

Am nächsten Abend das gleiche Spiel. Renate holte Heide, damit sie ihren speziellen Gast persönlich beraten konnte. Heute hatte sie für ihn etwas ganz Besonderes vorbereitet. Er blieb so lange, bis der letzte Gast gegangen war. Dann kam die Mutter in die Küche und sagte: »Der Herr Doktor sitzt noch im Speisesaal. Ich wollte jetzt ins Bett gehen, und Renate habe ich nach Hause geschickt. Kannst du dich bitte um ihn kümmern, falls er noch einen Wunsch hat?«

»Natürlich, Mama. Gute Nacht.«

Nachdem auch Josef gegangen war, setzte sich Heide zu ihrem Gast. Er erzählte ihr, dass er Hermann Jokiel hieß und Doktor der Medizin sei. Er war in Goslar gewesen, um sich um eine Stelle zu bewerben und hatte noch ein paar Tage Urlaub drangehängt. Morgen wollte er eigentlich wieder nach Hause fahren, nach Bremen.

»Aber wenn Sie morgen Nachmittag vielleicht etwas Zeit für mich hätten, könnte ich gern noch einen Tag länger bleiben.«

Sie hatte. Die Mutter schaute zwar erstaunt, dass ihre Tochter am Sonntagnachmittag freihaben wollte. Aber natürlich hatte sie nichts einzuwenden, dass ihre Jüngste bei diesem enormen Arbeitspensum auch mal ein paar Stunden für sich beanspruchte. Sie fragte noch nicht einmal nach dem Grund.

Dieser Sonntagnachmittag gehörte für Heide zu den schönsten Stunden ihres bisherigen Lebens. Hermann liebte den Wald ebenso wie sie. Natürlich spazierte sie mit ihm durch das Kalte Tal bis hinauf zum Hasselteich. Sie legten sich auf die Wiese, aßen den mitgebrachten Kuchen und redeten über Gott und die Welt. Er war sechsundzwanzig Jahre alt, stammte aus einer Arztfamilie und war ein Naturfreund. Er liebte das gute Leben, Essen und Trinken und Reisen. Mit siebzehn hatte er Notabitur gemacht und war dann noch für zwei Jahre bis zum Kriegsende eingezogen worden. Aufgrund der Beziehungen seiner Familie hatte er einen Studienplatz in der Schweiz bekommen. In Deutschland hätte er nach Kriegsende noch warten müssen. So kam es, dass er in diesen jungen Jahren schon Arzt war. Als sie sich auf den Heimweg machten, waren sie per du und hatten sich geküsst. Für Heide war es der erste ernsthafte Kuss ihres Lebens. Am nächsten Tag reiste er ab, versprach aber zu schreiben und wiederzukommen.

Und er kam wieder. Nur einen Monat später trat er eine Stelle in Goslar an. Mindestens einmal pro Woche kam er nach Bad Harzburg. Heide hatte es durchgesetzt, dass sie jeden Sonntagnachmittag freihatte. Der Mutter war dieses Verhältnis ein Dorn im Auge. Und eines Tages nahm sie sich ihre Tochter vor: »Heide, dein Verhältnis zu Herrn Doktor Jokiel gefällt mir nicht. Du bist zu jung, um dich mit einem erfahrenen Mann herumzutreiben.«

»Aber ich treibe mich doch nicht herum. Wir sind befreundet, und er hat ernste Absichten.«

»Du bist ein unerfahrenes, dummes Mädchen. Und ein Mann in dem Alter will mehr.«

»Aber ich werde bald achtzehn.«

»Eben. Außerdem bist du eine Köchin und wirst irgendwann mal dieses Hotel hier führen. Zur Arztfrau bist du nicht geeignet. Das ist eine ganz andere Gesellschaft, in der du dich nicht wohlfühlen würdest. Oder glaubst du, seine Eltern wären sehr erbaut, eine kleine Köchin als Schwiegertochter zu bekommen?«

»Ich verstehe dich nicht. Ich habe mich verliebt. Und Hermann hat sich in mich verliebt.«

»Liebe macht blind. Du musst dich schon an der Wirklichkeit orientieren. Dieses Verhältnis passt nicht.«

Es ging so weit, dass Heide trotzig das Zimmer verließ, während ihr die Tränen übers Gesicht liefen. Als Hermann Jokiel das nächste Mal kam, passte Erika ihn ab und bat ihn in ihr Büro: »Herr Doktor Jokiel ...«

»Sagen Sie bitte Hermann zu mir.«

»Gut. Hermann, ich beobachte nun schon seit geraumer Zeit, dass Heide in Sie verliebt ist. Sie ist noch sehr jung und unerfahren. Und Sie sind ein gestandener Mann. Heide ist eine Köchin, die sich in allem noch ausprobiert. Sie ist verspielt. Mit ihren Kräutern und dem selbst gemachten Likör und den neuen Kochrezepten. Sie muss noch reifen, damit sie irgendwann dieses Hotel führen kann. Sie ist sicherlich keine Kandidatin, die Sie Ihren Eltern als geeignete Partie präsentieren können. Als Arztfrau wäre sie völlig ungeeignet. Außerdem hat sie zwei ältere Schwestern, die ganz anders gepolt sind. Schauen Sie sich Silvia an. Sie kennen Sie ja von der Rezeption her. Sie ist dreiundzwanzig und macht wirklich etwas her. Mit solch einer Frau an der Seite können Sie als Arzt durchs Leben gehen. Die wäre Ihnen eine Hilfe, wenn es darum geht, alles auf Trapp zu halten oder auch gesellschaftlich zu repräsentieren. Außerdem muss ich Ihnen sagen, dass Heide nicht heiraten wird, bevor nicht ihre älteren Schwestern im Ehestand sind. Und wenn Heide heiratet, sollte es ein Mann aus der Branche sein. Es muss in einer Ehe doch alles zueinander passen. Ich möchte nicht, dass meine Tochter unglücklich wird, weil Sie irgendwann feststellen, dass Sie eine falsche Entscheidung getroffen haben.

Hermann konnte nicht wirklich etwas dagegen vorbringen. Natürlich hatte die Frau recht. Jedenfalls, wenn es um die Vernunft ging. Er war verliebt. Eigentlich war es mehr eine Liebelei. Aber wenn er sich vorstellte, er käme mit diesem zwar hübschen, aber eher simpel gestrickten Mädchen zu seinen Eltern ... Diese würden aus Höflichkeit sicherlich nicht die Nase rümpfen, aber glücklich wären sie nicht gerade. Natürlich erwartete man von ihm, dass er eine Frau heiratete, die etwas darstellte, die repräsentieren konnte. Er brauchte Zeit zum Nachdenken.

Zwei Wochen später traf Hermann sich mit Silvia in Goslar. Die Mutter hatte das Treffen arrangiert.

17

Am Freitagmorgen versammelte Schneider seine vier Mitarbeiter im Konferenzzimmer. Außer im Fall Büttner gab es keine Probleme. Dafür hatte es dieser Mord in sich.

»Und heute wird uns auch die Frau Oberstaatsanwältin wieder beehren«, verkündete der Kommissar. Die Grimassen der Leute sprachen Bände.

Irina ließ demonstrativ die Zunge aus dem Munde hängen und sagte dann: »Okay, ich werde mich noch einmal mit Volldampf auf diesen Klose stürzen. Wenn er da drinsteckt, müssen wir was finden. Nur, wenn nicht, dann fällt mir auch nichts ein.«

In dem Moment erhielt Schneider einen Anruf auf seinem Handy. Er hörte gespannt zu und stand sprunghaft auf: »Alles herhören. Ein weiterer Mord im Kalten Tal. Herr Schimpf, sorgen Sie für ein Großaufgebot. Die Kollegen sollen den Bereich unter dem Wipfelpfad durchkämmen. Andere sollen sich auf den Pfad begeben. Des Weiteren großräumig kein Auto wegfahren lassen, ohne das Kennzeichen zu registrieren. Notarztwagen ist unterwegs. Irina, besorgen Sie die Spurensicherung. Sie kommen alle mit. Im Eiltempo.«

Cesarine Zicke-Sandelholz saß in ihrem Audi und hörte Wagner, als sie einen Anruf erhielt. Sie lächelte, als die Freisprechanlage ihr sagte: Ein Anruf von *Drachentöter*. Sie stellte die Musik leiser und nahm das Gespräch an: »Hallo, mein schöner Siegfried.«

»Hallo, meine schöne Walküre. Ich kann es kaum abwarten. Wann treffen wir uns?«

»Ich denke, 18.00 Uhr im Hotel müsste ich schaffen. Vorher bin ich noch beruflich eingespannt.«

»Schön. Ich habe heute keine Lust, ins Restaurant zu gehen. Wir können uns ja etwas aufs Zimmer bringen lassen. Mein Hunger nach dir ist größer.«

»So machen wir es.«

»Gut. Du erreichst mich heute nicht mehr. Ich stelle mein Handy jetzt aus wegen einiger wichtiger Besprechungen.«

»Okay, ich will dich ohnehin nicht nur hören, sondern sehen und spüren. Ich weiß gar nicht, wie ich das bis heute Abend aushalten soll.«

Als die Oberstaatsanwältin die Dienststelle in Goslar erreichte und niemanden aus Schneiders Abteilung außer der Sekretärin vorfand, die ihr sagte, was passiert war, sah sie rot. Sofort verließ sie das Gebäude und machte sich auf den Weg zum Baumwipfelpfad. Als sie dort ankam, war schon alles Wichtige veranlasst. Ein großes Polizeiaufgebot versuchte, sie vom Parkplatz fernzuhalten. Wutschnaubend zeigte sie ihren Dienstausweis und stellte ihren Wagen dann direkt am Eingang ab. Es regnete heute und der Wind stülpte ihren Regenschirm um. Wutschnaubend fragte sie, wo Hauptkommissar Schneider sei.

»Der ist auf dem Pfad«, sagte ein eingeschüchterter junger Polizist.

Also machte sie sich auf den Weg. Hätte sie doch bloß andere Schuhe angezogen. Etwa in der Mitte des Pfades traf sie auf eine größere Gruppe Beamte. Schneider war nicht dabei.

»Herr Schneider ist runter in den Wald gegangen«, sagte eine Polizistin und deutete auf den Notausgang.

Auch das noch. Jetzt musste sie mit ihren dämlichen Schuhen die endlos lange Treppe heruntergehen. *Kommt gar nicht infrage,* dachte sie. Sie rief ihn auf dem Handy an und befahl ihn zu sich.

»Das geht jetzt nicht, Frau Oberstaatsanwältin. Meine Anwesenheit hier geht vor. Kommen Sie doch herunter. Oder fahren Sie ins Büro zurück.«

»Ich weiß selber, was ich zu tun habe!«, brüllte sie.

Schließlich wagte sie den Abstieg über die lange Wendeltreppe. Zweimal blieb sie mit dem Absatz hängen. Unten angekommen, musste sie noch etwa fünfhundert Meter laufen, um zu der Gruppe der Beamten und der Spurensicherung zu gelangen. Einmal blieb sie mit dem Schuh im Matsch stecken und fluchte wie ein Kesselflicker. Als sie endlich Schneider erreichte, der eine zweckmäßige Regenjacke mit Kapuze trug, war ihre Stimmung auf dem Nullpunkt angelangt. Er begrüßte sie nur kurz, ließ sich gar nicht weiter in seiner Arbeit stören und unterhielt sich konzentriert mit den Leuten.

Als Zicke-Sandelholz die Autos sah, die dort parkten, brüllte sie: »Was ist das hier eigentlich für ein Sauhaufen? Mich schickt man bei diesem Scheißwetter über den Pfad über halsbrecherische Treppen und aufgeweichten Waldboden. Und Sie sind mit dem Auto hier? Warum sagt mir niemand, dass man hierher fahren kann?«

Ganz ruhig antwortete Schneider: »Für Ihre Befindlichkeiten haben wir im Augenblick keine Zeit. Jede Minute zählt. Lassen Sie uns unsere Arbeit machen.«

Sie hätte platzen können, sah aber ein, dass sie im Moment nicht an ihn herankam, um ihm den Kopf abzureißen. Ganz ruhig fuhr er fort, sich mit den Leuten zu unterhalten und Anweisungen zu geben. Dann ging er auf sie zu und sagte: »Ich bin jetzt fertig hier. Ein Polizeiwagen kann uns zurück zum Parkplatz bringen.« Im Auto brachte er sie auf den Stand der Dinge: »Das Opfer ist ein sechsundachtzigjähriger Mann aus Bremen. Er hieß Dr. Hermann Jokiel. Er wurde vermutlich von derselben Stelle aus über das Geländer geworfen wie das erste Opfer. Es gab keine Zeugen. Angesichts des Wetters waren heute bislang nur wenige Besucher auf dem Pfad. Alle Leute, die in der Nähe waren, wurden befragt. Sämtliche Kfz-Kennzeichen in der Gegend wurden notiert. Natürlich ist eine Selbsttötung nicht ausgeschlossen. Ich muss jetzt zurück ins Büro und mich hinsichtlich der Angehörigen schlaumachen.«

Nachdem die Oberstaatsanwältin mehrfach versucht hatte, Schneider Dampf zu machen, wie sie es ausdrückte, dieser aber routiniert mit seiner Arbeit fortfuhr und die Dame weitgehend ignorierte, sagte sie schließlich: »Offenbar sind Sie hier hoffnungslos überfordert. Ich komme mir vor wie bei der Dorfpolizei. Wenn bis heute Abend keine greifbaren Ergebnisse vorliegen, schalte ich das LKA ein.«

»Tun Sie das«, sagte Schneider ganz gelassen und griff zum Telefonhörer: »Irina, in einer halben Stunde möchte ich, dass wir uns alle im Konferenzzimmer treffen. Bitte organisieren Sie alles. Danke.«

Für die Oberstaatsanwältin war das der Höhepunkt der Frechheit. »Ich fahre jetzt ins Hotel, um mir etwas Trockenes anzuziehen. In einer Stunde bin ich in der Dienststelle. Und dann möchte ich von Ihnen über alles, was bis dahin vorliegt, eingehend informiert werden.«

Schneider schaute nur kurz auf und sagte lächelnd: »Selbstverständlich, Frau Oberstaatsanwältin.«

Erst jetzt fiel ihm auf, wie die Dame aussah: Ihr Haar hing in nassen Strähnen vom Kopf, der helle Hosenanzug war nass und an den Beinen mit Schlamm bespritzt. Und sie ging barfuß. Vermutlich waren die Schuhe von dem Waldboden vollends ruiniert.

18

Offenbar hatte Hermann Jokiel Gefallen an Heides ältester Schwester Silvia gefunden. Mit ihrem dunklen Haar und den rehbraunen Augen, ihrer schlanken Figur und ihrer eleganten Erscheinung machte sie etwas her. Und sie konnte auch außerordentlich liebenswürdig sein. Es hatte seit Jahren immer wieder Männer gegeben, die sich für sie interessierten. Ihr Interesse an diesen hielt sich allerdings in Grenzen. Sie wollte einen Mann finden, der liebenswert war, der gut aussah, der etwas hermachte und ihr etwas bieten konnte. Bereits nach dem ersten Rendezvous war ihr klar gewesen, dass sie genau diesen Mann wollte. Sie würde alles daran setzen, ihn zu bekommen. Nach einer Woche trafen sie sich wieder. Und nach zwei weiteren Wochen wurde Hermann offiziell zum Kaffeetrinken in die Familie eingeladen.

Jetzt im Herbst leistete Erika Harrach es sich, das Restaurant einen Tag in der Woche zu schließen. Das war auch gut für Heide, die nicht ständig sieben Tage die Woche arbeiten sollte. Mittwochs war jetzt Familientag, wo nur der Hotelbetrieb aufrechterhalten werden musste. Und am ersten freien Mittwoch hatte Erika ihre Tochter Heide morgens vorbereitet, dass Hermann Jokiel und ihre große Schwester Gefallen aneinander gefunden hätten und wohl alles auf eine Verlobung hinausliefe. Heide hatte zwar schon damit gerechnet, dass ihre kurze Verbindung mit Hermann beendet war. Aber dass ausgerechnet ihre Schwester diesen Mann für sich beanspruchte, war ihr unerträglich. Zuerst weigerte sie sich, an dem familiären Kaffeekränzchen teilzunehmen. Aber als die Mutter ihr dann klargemacht hatte, dass sie nur Opfer einer jugendlichen

Schwärmerei gewesen war und Hermann seiner sechs Jahre älteren Schwester gegenüber ernste Absichten hegte, entschied sie sich anders. Hermann war unter den vier Harrach-Frauen wie der Hahn im Korb. Er kam gar nicht auf die Idee, dass Heide verletzt sein könnte und behandelte sie mit der größten Liebenswürdigkeit. Ständig lobte er sie, ihr fantastisches Essen, ihren Fleiß, die selbst produzierten Getränke. Nur sah er in ihr offenbar keine Frau, sondern ein kleines Mädchen, das für ihn — als Mann —gar nicht infrage kam.

Nach weiteren vier Wochen fuhr Silvia mit Hermann nach Bremen, wo sie seinen Eltern vorgestellt wurde. Für Weihnachten war schließlich die offizielle Verlobung angesetzt. Hermanns Eltern reisten an. Der Vater, der eine gut gehende Arztpraxis betrieb, war ein großer dicker Kerl, der genauso freundlich war, wie er aussah. Er konnte gar nicht genug bekommen von dem grandiosen Essen, das Heide auf den Tisch gezaubert hatte. Als er sagte, sein Sohn möge es sich noch einmal überlegen, welche Frau aus dieser Familie er heiraten sollte, die Liebe gehe schließlich durch den Magen, waren alle peinlich berührt. Seine Gattin, eine hochgewachsene, bestens gekleidete Frau, die nach Heides Beobachtung das Sagen in der Familie hatte, wiegelte ab und meinte, ihr Sohn hätte schon richtig entschieden.

Heide hatte sich zwar damit abgefunden, dass Hermann und ihre Schwester sich nun endgültig füreinander entschieden hatten, aber es fiel ihr schwer, dieses Glück Tag für Tag vor Augen geführt zu bekommen. Außerdem wurde Silvia ständig hochnäsiger angesichts der Aussicht, bald die Frau eines Arztes zu sein, der nach seiner Assistenzzeit in Goslar wieder nach Bremen gehen würde. Silvia war schon Feuer und Flamme für diese Stadt, wo sie mit ihrem Mann ein schönes Haus bewohnen würde, das seine Eltern ihm vermachten. Und sicherlich würde sie Kinder bekommen und Leute haben, die auf diese aufpassten, wenn sie abends mit Hermann ausging. Heide gestand sich ein, dass sie eifersüchtig war. Dabei hatte sie

Hermann mehr geliebt, als Silvia es je konnte.

Sie musste einfach etwas unternehmen, um diese gute Laune ihrer Schwester ein wenig zu dämpfen. Sie hatte begonnen, ihr in den Kakao, den sie ihr jeden Morgen an die Rezeption brachte, ein paar Tropfen einer besonderen Essenz zu geben, die sie selbst hergestellt hatte. Diese bewirkte Blähungen. Inzwischen kam es vor, dass sie unvermittelt Geräusche von sich gab, ohne dass sie etwas dagegen tun konnte. Schließlich steigerte Heide die Dosis und tat auch noch etwas in den Nachmittagskaffee, den sie ihr kredenzte. Als an einem Mittwochnachmittag Hermann mal wieder zum Kaffee kam, war es so schlimm, dass Heide trotz der Kälte das Fenster öffnete und Silvia heulend hinauslief. Hermann ging ihr hinterher, um sie zu trösten und zu untersuchen. Er verschrieb ihr ein Medikament, das aber absolut nichts bewirkte.

Im Mai sollte die Hochzeit stattfinden. Im März war Silvia so niedergeschlagen, dass sie die Hochzeit am liebsten abgesagt hätte. In ihren Albträumen stellte der Pfarrer ihr in der Kirche die wichtigste Frage ihres Lebens, und als Antwort bekäme er den lautesten Furz, den er je gehört hatte. Die Leute würden hinauslaufen, weil sie den Geruch nicht aushielten. Um diese Zeit lernte Heide einen jungen Mann kennen. Sie hatte sich mit dem Sohn ihres Gemüselieferanten, Adolf Ehrenberg, verabredet, an einem Mittwoch mal Essen zu gehen, um zu schauen, was die Konkurrenz so machte. Adolf mochte sie außerordentlich gern. Er hatte sich wohl auch schon Hoffnungen gemacht. Für Heide hingegen war er einfach nur ein Freund, mit dem sie jeden Tag ein kleines Schwätzchen hielt. Als Adolf die Lieferung morgens brachte, fragte er Heide, ob sie etwas dagegen hätte, wenn sein Freund abends mitkommen würde. Sein Name sei Erich Büttner. Er wohne zurzeit in einem Erziehungsheim in der Heide, in dem er arbeite. Und sie hätten sich schon so lange nicht mehr gesehen. Und ausgerechnet heute käme er. Er sei ein ganz lieber Kerl. Heide hatte nichts dagegen. Schließlich hatte sie sich von Adolf ja auch keinen romantischen Abend zu zweit erwartet.

Als sie Erich abends kennenlernte, war sie sofort ganz angetan von ihm. Er war ein zurückhaltender, höflicher Mensch, sah gut aus und war vom Wesen her recht bescheiden und zuvorkommend. Adolf merkte sofort, dass er einen Fehler gemacht hatte, seinem Freund Heide vorzustellen. Sie sah ihn an, wie er gern von ihr angesehen worden wäre.

Als sie wieder zu Hause war, spürte Heide, dass es zwischen ihnen gefunkt hatte. Am nächsten Tag setzte sie die *Furztropfen*, wie sie die Essenz nannte, mit der sie ihre Schwester malträtierte, ab und brachte ihr stattdessen einen speziellen Heiltee. Ihre Beschwerden besserten sich schlagartig. Silvia war glücklich, und Hermann bezeichnete Heide als Wunderheilerin.

»Wenn ich als Arzt mal deinen Rat brauche, komme ich zu dir, liebste Schwägerin«, waren seine Worte.

19

Es war bereits früher Nachmittag, als Schneiders Mitarbeiter vollständig im Konferenzzimmer versammelt waren. Dazu gesellten sich zwei Mitarbeiter der Schutzpolizei und Bernd Holbrock von der Spurensicherung. Als sie gerade anfangen wollten, betrat die Oberstaatsanwältin ebenfalls den Raum, frisch frisiert und in neuem Outfit.

»Na, da komme ich ja gerade richtig«, tönte sie.

Schneider nickte ihr zu und sagte: »Bitte, nehmen Sie Platz, Frau Oberstaatsanwältin. Wir ziehen jetzt Zwischenbilanz, was wir bisher haben. Irina, bitte.«

Die Angesprochene legte los: »Bei dem Verstorbenen handelt es sich um Dr. Hermann Jokiel. Er war Arzt in Bremen, verwitwet, zwei Söhne. Sie sind beide informiert und auf dem Weg hierher. Ich habe am Telefon vorsichtig gefragt, ob ihrer Meinung nach Suizidgefahr bei ihrem Vater bestanden haben könnte. Beide haben verneint. Der Gerichtsmediziner geht aufgrund der Verletzungen davon aus, dass Herr Jokiel vom Baumwipfelpfad gestürzt ist. Vermutlich wurde er etwa eine halbe Stunde danach von einem Pilzsammler entdeckt, den der Regen nicht abgeschreckt hat, in den Wald zu gehen. Mehr kann er erst nach der Obduktion sagen. Das wird nicht vor heute Abend sein. Der Grund des Besuchs des Herrn Dr. Jokiel in Bad Harzburg ist bisher nicht bekannt. Seine Söhne wussten nichts von der Reise. Ob er allein hier war oder in Begleitung, ist bisher ebenfalls nicht bekannt. Auf seinem Handy hat er gestern nur ein Gespräch empfangen; heute keines. Die Verbindung gestern war ein Anruf aus Braunlage von einem Anschluss unter dem Namen Heide Harrach.«

»Das ist ja ein Ding«, sagte Schneider. »Mit jemandem von demselben Anschluss hat auch der letzte Woche getötete Herr Büttner einen Tag vor seinem Tod gesprochen. Ich werde mich also gleich wieder auf den Weg machen und Frau Harrach und ihren Lebensgefährten fragen, welche Verbindung zu diesem Mann bestand.«

»Darf ich weitermachen, Chef?«, fragte Irina genervt.

»Bitte.«

»Die im Umfeld des Eingangs des Wipfelpfades geparkten Autos wurden kontrolliert. Hier gibt es nur eine Auffälligkeit. Das Auto von Herrn Klose stand dort, und es steht immer noch da. Er ist der Einzige, dessen Auto bei beiden Todesfällen dort in der Nähe geparkt war.«

»Her mit dem Mann«, rief die Oberstaatsanwältin dazwischen.

»Entschuldigung, darf ich bitte weiter ausführen? Danke. Natürlich habe ich versucht, Herrn Klose zu erreichen. Er ist weder auf dem Festnetz noch mobil zu kriegen. Allerdings muss ich sagen, dass Herr Klose nicht den Eindruck auf mich macht, dass er so dämlich ist, sollte er beide Männer getötet haben, beim zweiten Mal wieder sein Auto dort abzustellen. Er müsste sich ja denken können, dass wir wieder ein Alibi von ihm brauchen, da das Alibi im ersten Fall schon nicht ganz astrein war.«

Jetzt hielt es Zicke-Sandelholz nicht mehr aus. Sie musste etwas loswerden: »Wer wie dämlich ist, entscheiden wir nicht. Ich will diesen Klose hier haben. Jetzt sofort. Und wenn er nicht erreichbar ist, dann treiben Sie ihn irgendwie auf. Schreiben sie ihn zur Fahndung aus. Nehmen sie ihn vorläufig fest.«

Schneider beschwichtigte: »Wir haben nichts gegen ihn in der Hand. Er wohnt in der Stadt und hat beruflich ab und zu in der Gegend zu tun. Das ist bisher alles. Da können wir doch nicht gleich ...«

»Doch, wir können. Sie haben mich offenbar nicht verstanden. Ich will, dass der Mann hier auftaucht, und zwar zackig. Finden Sie ihn und nehmen ihn vorläufig fest. In Ihrem Bericht von gestern war mir der Kerl auch schon suspekt. Er hat für die Zeit des ersten Mordes kein lückenloses Alibi. Er hatte mindestens eine halbe Stunde Zeit, um das Opfer in die Tiefe zu befördern. Und jetzt das.«

Spürbar resigniert sagte Schneider: »Herr Schimpf, schreiben Sie Klose zur Fahndung aus. Und wenn die Söhne des Toten kommen, nehmen Sie sich ihrer an. Wir müssen möglichst viel über sein soziales Umfeld herausbekommen. Vor allem müssen wir wissen, ob er den ermordeten Herrn Büttner kannte. Irina, Sie kommen mit mir. Wir fahren nach Braunlage und interviewen Frau Harrach und ihren Lebensgefährten.«

Dann sah er den Mann von der Spurensicherung an, der reichlich betrübt sagte: »Auf dem Pfad gab es keinerlei Spuren. Der Regen hat das Geländer absolut reingewaschen. Auch an der Stelle, wo er aufgeschlagen ist, war nichts zu entdecken, was für uns relevant wäre.«

»Das ist wenig«, sagte Schneider. »Okay, auf geht's.«

Im Hinausgehen sagte Zicke-Sandelholz zu Schneider: »Morgen früh stehe ich wieder auf der Matte. Bis dahin will ich, dass dieser Klose hier ist. Wenn er sich nicht abgesetzt hat, dürfte es ja wohl nicht so schwer sein, ihn in diesem Kaff zu finden.«

Schneider sagte gar nichts mehr. Es mochte ja sein, dass *dieser* Klose da irgendwie mit drinsteckte, aber für ihn war im Moment wichtiger, was Heide Harrach und Adolf Ehrenberg zu sagen hatten. Irgendwie kam ihm die Verbindung zu den beiden Toten rätselhaft vor.

Frau Harrach und Herr Ehrenberg fielen aus allen Wolken, als Schneider ihnen vom Tod des Dr. Hermann Jokiel berichtete.

»Woher kannten sie ihn?«, fragte er die alte Dame.

»Er war der Mann meiner ältesten Schwester.«

»Hatten Sie eine enge Beziehung zu ihm?«

»Er war ein ganz lieber Mensch. Allerdings war der Kontakt nicht sehr intensiv. Ich habe ja die meiste Zeit meines Lebens in der Schweiz verbracht, und Hermann und Silvia wohnten in Bremen. Da hat man sich nur alle paar Jahre mal gesehen. Und seit dem Tod meiner Schwester vor zehn Jahren haben wir vielleicht ein paar Mal im Jahr miteinander telefoniert.«

»Gestern haben Sie auch telefoniert?«, fragte Schneider.

Heide Harrach sah Adolf unsicher an, und dieser sagte: »Das war ich. Es gab gar keinen besonderen Grund. Ich wollte mich nur mal erkundigen, wie es ihm geht. Und ich wollte ihn fragen, ob er überhaupt vom Tod unseres gemeinsamen Bekannten Ernst Büttner gehört hatte. Er war ja nicht auf der Beerdigung. Er hatte nicht von seinem Hinscheiden erfahren und war ganz entsetzt. Außerdem meinte er, er hätte sich auch in Kürze bei uns gemeldet, denn er war quasi kurz vor der Abfahrt nach Bad Harzburg.«

»Und hat er gesagt, warum er nach Bad Harzburg kommen wollte?«

»Nein.«

Dieses *Nein* kam sehr plötzlich und wirkte unglaubwürdig.

»Nun sind innerhalb kürzester Zeit zwei alte Bekannte beziehungsweise ein Freund und ein Verwandter auf mysteriöse Weise gestorben. Beide an derselben Stelle in Bad Harzburg. Können Sie sich vorstellen, warum? Hatten die beiden etwas gemein? Oder könnte es sogar sein, dass Sie auch in Gefahr sind?«

»Um Gottes willen!«, rief Frau Harrach, »die beiden haben doch keinem etwas getan. Und wir auch nicht. Ernst war ein beliebter Lehrer. Hermann war ein Arzt, der alles für seine Patienten getan hat. Und wir haben auch keinem Menschen unrecht getan. Das muss ein großer Zufall sein, dass beide an der Stelle im Kalten Tal ums Leben gekommen sind. Steht denn überhaupt fest, dass Hermann ermordet wurde?«

»Nein, Frau Harrach. Aber suizidgefährdet war er offenbar auch nicht. Wir müssen also erst einmal von einem Tötungsdelikt ausgehen. Vielleicht gibt es etwas in der Vergangenheit. Es kann schon sehr lange zurückliegen. Bitte überlegen Sie in Ruhe. Und wenn Ihnen etwas einfällt, rufen Sie mich an.«

»Mir fällt nichts ein.«

Adolf Ehrenbergs Gesicht war wie versteinert. Aber auch er schüttelte den Kopf.

»Sagen Sie mir noch, wo Sie heute Morgen waren?«, fragte Schneider.

»Hier«, antwortete Heide. »Unsere Nachbarin Frau Kuhfuß kam heute von ihrer Kur zurück. Wir hatten einen kleinen Brunch für sie und ihre Freundin vorbereitet. Sie waren etwa von zehn bis zwölf Uhr hier.«

»Etwa Gretel Kuhfuß?«

»Ja, kennen Sie sie?«

»Wir hatten bereits das Vergnügen, ja.«

»Ach, natürlich. Sie und ihre Freundin Lilly waren ja Zeugen bei dem Mord an Ernst«, sagte Heide Harrach.

»Ja, allerdings. Gut. Dann wollen wir Sie nicht weiter stören. Es tut mir leid, dass wir Ihnen diese schlechte Nachricht überbringen mussten.«

Während der Rückfahrt sagte Irina zu ihrem Chef: »Ich weiß nicht, irgendwie kommen mir die beiden alten Leute merkwürdig vor. Die verschweigen doch etwas.«

»Finden Sie heraus, was, Irina. Ich hoffe, dass die Kollegen inzwischen diesen Klose aufgetrieben haben. Das mit der Fahndung ist eine ziemliche Schnapsidee von der Oberstaatsanwältin. Sie hat sich da auf etwas eingeschossen. Zuerst verdächtigt sie die Sauschlägers und Fräulein Höschen. Dann kommt nur warme Luft dabei heraus. Und jetzt ist der Klose dran. Ich glaube, wir müssen viel tiefer graben.«

Wieder in Bad Harzburg, trommelte Schneider seine Mitarbeiter zusammen. »Was ist mit Klose?«, fragte er.

Er sah bereits an den Gesichtern, was los war. Bisher kein Ergebnis.

Irina überlegte laut: »Was macht man in der Gegend, wo sein Auto geparkt ist? Man geht in den Kurpark oder auf den Baumwipfelpfad, was bei diesem Wetter eher unwahrscheinlich ist. Oder man geht in ein Hotel oder Restaurant, zum Beispiel, um sich mit Kunden zu treffen.«

»Aber so lange?«, fragte Schimpf. »Es ist gleich sechs Uhr. Das Auto steht praktisch schon den ganzen Tag da.«

»Trotzdem. Fragen wir doch in allen Restaurants und Hotels nach. Wenn er öfters dort ist, kennt man ihn bestimmt auch mit Namen«, gab Irina zu bedenken.

»So machen wir es«, sagte Schneider.
»Halt«, rief Irina, »erkundigt euch nicht nur nach dem Namen Klose, sondern auch nach Bentley. Er hat mir ja gesagt, dass er auch manchmal den Namen Bentley benutzt.«

Nach zehn Minuten legte Irina freudig erregt den Telefonhörer auf die Gabel und sagte: »Wir haben ihn. Ein Herr Bentley hat im *Hotel Kaltes Tal* ein Zimmer gebucht. Und er ist da zusammen mit einer Begleiterin.«

»Wir statten ihm einen Überraschungsbesuch ab und nehmen ihn fest, so wie die Oberstaatsanwältin es angeordnet hat«, sagte Schneider. »Irina, Sie kommen mit und dazu zwei Leute von der Schutzpolizei. Wenn er tatsächlich der Mörder ist, könnte es gefährlich werden.«

Kurz nach halb sieben standen Schneider, Irina und zwei Uniformierte vor der Zimmertür des Herrn Bentley oder Klose. Es drang ungewöhnlich laute Musik aus dem Zimmer. *Wagner,* wie Gerald Schneider unschwer erkannte. Die beiden Schutzpolizisten zückten auf Anweisung von Schneider ihre Pistolen. Schneider klopfte. Keine Reaktion. Nochmal. Wieder keine Reaktion. Wahrscheinlich konnte man es aufgrund der laut tönenden Musik nicht hören. Also nahm er die Schlüsselkarte, die man ihm gegeben hatte, und stieß die Tür weit auf.

Das Bild, das sich den vier Polizeibeamten bot, würde niemals jemand von ihnen vergessen. Die Oberstaatsanwältin, deren Oberkörper fast vollständig von ihrer langen blonden Haarpracht bedeckt war, wiegte sich sitzend im Rhythmus des *Walkürenritts*. Von dem unter ihr liegenden Mann sah man nur die Beine und einen Teil des Oberkörpers. Als er nach drei langen Sekunden merkte, dass vier fremde Menschen ihn anstarrten, versteinerte sich sein Gesicht vor Schreck. Schneider war geistesgegenwärtig genug, die Musik auszustellen. Jetzt merkte auch Zicke-Sandelholz, was los war. Nach einer Sekunde der absoluten Verwunderung riss sie die Arme in die Höhe und fing hysterisch an zu schreien. Als sie begriff, was dies zu bedeuten hatte, brüllte sie: »Raus! Verflucht! Raus! Sind Sie wahnsinnig? Ich bringe Sie um!«

Die Uniformierten nahmen ihre Pistolen herunter und Schneider sagte ganz gelassen: »Herr Klose, ich nehme Sie vorläufig fest.«

»Was heißt hier Klose, Sie Arschloch? Das ist Herr Bentley«, schrie die Oberstaatsanwältin ihn an.

»Er hieß vielleicht mal Bentley. Aber nun heißt er Klose, und er ist der Mann, dessen Festnahme Sie angeordnet haben.«

»Lecken Sie mich am Arsch und scheren Sie sich raus!«

Irina sagte ganz sachlich: »Herr Klose, wenn Sie sich nun bitte aus der Dame zurückziehen würden.«

Als sie merkte, was sie da gesagt hatte, prustete sie vor Lachen, und die beiden Polizisten taten es ihr nach. Die Situation war so absonderlich, dass sie gar nicht anders konnten. Schneider sah sich im angrenzenden Bad um und schnappte sich einen Bademantel, um Zicke-Sandelholz zu bedecken, die Mühe hatte, aufzustehen. Klose zog sich an, ohne bislang auch nur ein Wort gesagt zu haben, während Zicke-Sandelholz im

Bad verschwand. Als sie angekleidet wieder das Zimmer betrat, hatte ihr Gesicht den Ausdruck einer vom Wahn getriebenen Massenmörderin angenommen. Schneider blieb die ganze Zeit über gelassen. Er ordnete an, Herrn Klose auf die Dienststelle zu bringen und sagte zu Zicke-Sandelholz: »Frau Oberstaatsanwältin, Sie sind aus dem Fall raus. Bitte kommen Sie mit auf die Dienststelle, damit wir Sie als Zeugin vernehmen können. Ich werde als Erstes den Leiter Ihrer Behörde informieren, damit er den Fall einem Kollegen übergibt.«

Sie wollte etwas sagen. Am liebsten hätte sie auf diesen bescheuerten Kommissar, der ihr den Super-GAU ihres Lebens zugefügt hatte, eingeschlagen. Aber sie beherrschte sich. Manchmal brauchte Rache Zeit.

20

Das Erste, was Schneider in seinem Büro tat, war, den Chef der Oberstaatsanwältin anzurufen. Er kannte den Leiter der Staatsanwaltschaft Braunschweig nicht. Der Dienstweg sah auch nicht vor, dass ein Kriminalhauptkommissar direkt mit dem Behördenchef in Kontakt trat. Aber es handelte sich ja nun einmal um einen Ausnahmefall. Es war Samstagabend. Aber das störte ihn nicht. Wenn er arbeiten musste, konnte es der Behördenleiter erst recht. Nachdem er dem diensthabenden Staatsanwalt erklärt hatte, worum es ging, gab dieser ihm die Privatnummer seines Chefs, wobei Schneider herauszuhören glaubte, dass der Mann ein Lachen unterdrücken musste.

Offenbar hatte er den Leiter der Staatsanwaltschaft vom Fernseher weggeholt. Nachdem er alles erklärt hatte, fing dieser an zu lachen wie ein Kind, das zum ersten Mal einen Dick-und-Doof-Film sieht: »Sie haben was? Sie haben sie beim Ficken festgenommen?«

»Nein, ich habe nicht sie festgenommen, nur ihren Liebhaber. Und das auch nur, weil sie die Anweisung dazu gegeben hat, ohne zu wissen, dass es sich bei dem Verdächtigen um ihren Liebhaber handelt.«

Und schon verfiel der Mann in neue Lachtiraden. Als er sich einigermaßen gefangen hatte, sagte er: »Gut. Ich werde Ihnen einen Kollegen schicken. Morgen ist zwar Sonntag. Aber das macht nichts. Zwei Tote und eine Staatsanwältin, die mit einem Verdächtigen ...« Der Rest des Satzes verschwand in Gelächter. Irgendwie schien die Dame auch in ihrem engeren Umfeld bis hin zu ihrem Chef nicht gerade beliebt zu sein.

Klose rief einen Anwalt an, der trotz der abendlichen Stunde gern gekommen war, weil es einen derart spektakulären Fall nicht alle Tage gab. Schneider und Irina kauten mit Gerhard Klose durch, was er an diesem Tag gemacht hatte. Für die Zeit, als der Mord an Hermann Jokiel geschehen war, gab er an, zwischen zwei Terminen herumgebummelt zu sein.

»Natürlich«, sagte Irina, »das Wetter hat ja geradezu dazu eingeladen, in der Gegend herumzubummeln.«

Er hatte wieder kein lückenloses Alibi. Nach Cesarine Zicke-Sandelholz befragt, gab er an, die Dame vor einiger Zeit auf der Pferderennbahn kennengelernt zu haben. Sie hatten sich sofort erotisch voneinander angezogen gefühlt und ein Verhältnis angefangen. Sie wusste von ihm nur, dass er Finanzdienstleister war. Und er wusste von ihr, dass sie in der Staatsanwaltschaft arbeitete.

»Aber welches Motiv hätte mein Mandant, zwei alte Männer umzubringen?«, fragte der Anwalt, ein Mann von Anfang fünfzig, lächelnd?

»Das soll uns Ihr Mandant sagen.«

»Entschuldigung, mein Mandant wird jetzt gar nichts mehr sagen.«

»Gut, dann werden wir ihn zunächst bis morgen hierbehalten. Dann soll der neu beauftragte Staatsanwalt entscheiden, wie es weitergeht. Die Entscheidung, Herrn Klose festzunehmen, kam von Frau Dr. Zicke-Sandelholz. Wenn Ihr Mandant ihr keinen falschen Namen genannt hätte, würde er jetzt wahrscheinlich nicht hier sitzen.«

Auf dem Weg zu dem Vernehmungszimmer, in dem Zicke-Sandelholz befragt werden sollte, lief ihnen die für die Pressearbeit zuständige Mitarbeiterin über den Weg.

»Herr Schneider, was soll ich über den zweiten Toten unter dem Baumwipfelpfad sagen?«

»Teilen Sie nur mit, dass im Kalten Tal ein älterer Mann aus Bremen tot aufgefunden wurde, der wahrscheinlich vom Baumwipfelpfad gefallen ist. Die Kriminalpolizei ermittelt, ob es sich um einen Suizid handelt oder um ein Tötungsdelikt. Weitere Informationen folgen morgen.«

Leicht bedröppelt verabschiedete sich die Dame und ging in ihr Büro. Dann kam Herr Schimpf auf Schneider zugestürmt: »Herr Schneider, die Söhne von Herrn Jokiel sind da.«

»Reden Sie mit ihnen. Irina, Sie unterstützen Herrn Schimpf. Ich muss mich jetzt mit Frau Zicke-Sandelholz beschäftigen. Am besten, ich rede erst mal unter vier Augen mit ihr.«

Als Schneider der kleinen Verhörraum betrat, wartete die Oberstaatsanwältin bereits auf ihn. Zu allem Überfluss hatte sie auch noch ihren knallroten Hosenanzug angezogen, der sie aussehen ließ wie ein Feuerteufel. Ihr üppiges Haar hatte sie zu einem langen Pferdeschwanz zusammengebunden, den längsten, den Schneider je gesehen hatte. Zum Zöpfeflechten war sie sicherlich nicht in der Lage gewesen. Sie saß da mit dem Gesicht eines Inquisitors und trommelte mit ihren Fingern auf den Tisch. Bevor der Kommissar überhaupt einen Ton herausbringen konnte, er hatte sich noch nicht einmal hingesetzt, fing sie an, zu reden: »Also, Schneider, wenn Sie glauben, Sie könnten mir den Mist, den Sie gebaut haben, in die Schuhe schieben, dann haben Sie sich getäuscht. Sie haben nicht nur eine erbärmliche Arbeit geleistet, sondern mich darüber hinaus gedemütigt. Das wird Konsequenzen haben.«

»Frau Doktor Zicke-Sandelholz, ich werde nicht mit Ihnen über meine Arbeit sprechen. Sie sind raus aus dem Fall. Morgen übernimmt ein anderer Staatsanwalt die Ermittlungen. Und dieser wird dann entscheiden, wie es weitergeht. Ich würde Sie jetzt lediglich bitten, mir einige Fragen zu beantworten.«

»Davon träumen Sie nur. Ich werde Ihnen gar nichts beantworten.«

»Dann lassen Sie es eben sein. Ich lade Sie hiermit offiziell als Zeugin vor. Soll doch der neue Staatsanwalt entscheiden, wie mit Ihnen verfahren wird. Morgen früh, neun Uhr, hier in diesem Theater. Gute Nacht.«

Er erhob sich und verließ den Raum. Dann ging er in das Büro, in dem sich die Söhne des toten Herrn Jokiel, zusammen mit Schimpf und Irina, befanden. Er kondolierte den beiden Männern. Der ältere der Brüder, Karl Georg, war Ende fünfzig. Er war Arzt und hatte die Praxis seines Vaters in Bremen übernommen. Sein jüngerer Bruder, Randolf, war zehn Jahre jünger und von Beruf leitender Angestellter in einer Bank. Beide bekräftigten noch einmal, dass ihr Vater nicht im Geringsten suizidgefährdet war.

»Er war seinem Alter entsprechend bei guter Gesundheit und ein lebensfroher Mensch«, sagte der Ältere. »Er hat öfters mal kurze Reisen mit dem Auto unternommen. Aber es ist absolut ungewöhnlich, uns nicht davon zu informieren. Wir wussten nicht, dass er in Bad Harzburg war.«

»Wie stehen Sie zu Ihrer Tante Heide Harrach?«

Die Brüder schauten sich an, und der Jüngere antwortete: »Wir haben kaum Kontakt. Mein Vater hat wohl gelegentlich mal mit ihr telefoniert. Aber wir haben sie schon seit Jahren nicht gesehen.«

»Aber Konflikte gab es nicht zwischen Ihrem Vater und seiner Schwägerin?«

»Nein.«

Diese Antwort kam von beiden gleichzeitig.

»Kannten Sie Herrn Erich Büttner?«

Wieder schauten sich die Brüder an.

Der Ältere fragte: »Wer soll das ein?«

»Herr Büttner wurde vor einer Woche an derselben Stelle vom Baumwipfelpfad geworfen wie Ihr Vater. Wobei wir ja bis jetzt noch nicht wissen, ob Ihr Vater wirklich umgebracht wurde. Bei Herrn Büttner wissen wir es. Auf jeden Fall kannten sich Ihr Vater und Herr Büttner.«

»Nie gehört«, sagte der Jüngere.

Das Ganze war sehr unergiebig. Soziale Kontakte hatte Hermann Jokiel nach der Aussage seiner Söhne quasi nur in Bremen. Dass er Feinde gehabt haben könnte, schien ausgeschlossen. Immerhin erfuhren sie, in welchem Hotel in Bad Harzburg er immer abgestiegen war. Er beauftragte Irina, morgen mit dem Kollegen Schimpf nach Bremen zu fahren, um sich im Haus des Verstorbenen umzusehen. Vielleicht würde man dort irgendwelche Anhaltspunkte finden. Der jüngere der Brüder würde morgen früh auch wieder zurückfahren und mit in das Haus des Vaters kommen, während der ältere noch blieb. Er musste ja auch seinen Vater identifizieren. Bisher hatte man seine Identität nur aufgrund des mitgeführten Personalausweises festgestellt.

Schneider wollte morgen ab acht Uhr wieder im Büro sein. Er wusste ja nicht, wann der neu beauftragte Staatsanwalt eintreffen würde. Schlimmer als Zicke-Sandelholz konnte er jedenfalls nicht sein.

21

An diesem Sonntagmorgen ging es auf der Dienststelle zu wie an jedem anderen Tag. Schneider saß bereits kurz vor acht an seinem Schreibtisch. Kurz danach traf eine Dame ein, die sich als Staatsanwältin Gesine Hökenschnieder vorstellte. Die Frau mochte Ende fünfzig sein, war klein und rundlich und hatte ein spitzbübisches Gesicht, das von Lachfalten um Augen und Mund durchdrungen war. Sie hatte eine ziemlich laute Stimme. Das war wohl bei Staatsanwälten eine weit verbreitete Eigenschaft.

Frau Hökenschnieder erklärte, dass der Behördenleiter sie gestern Abend angerufen hätte. Sie sei jetzt zuständig für den Fall, von dem die Oberstaatsanwältin aufgrund persönlicher Involvierung abgezogen wurde. »Sonst reiße ich mich ja nicht darum, am heiligen Sonntag zu arbeiten. Aber heute habe ich es nicht mehr ausgehalten. Da habe ich mich um sieben ins Auto gesetzt. Und nun erzählen Sie mir doch erst mal, was anliegt und inwieweit unsere Zicke da mit drin steckt. Ich muss ja dem Chef Bericht erstatten. Gegebenenfalls muss auch die interne Ermittlung eingeschaltet werden.«

Irina und Schimpf trafen sich kurz nach acht ebenfalls auf der Dienststelle. Sie würden gleich nach Bremen fahren. Als sie am Zimmer von Schneider vorbeigingen, hörten sie undefinierbare Geräusche. Sie blieben stehen und horchten.

»Was ist das denn?«, fragte Schimpf erstaunt.

»Hört sich an, als ob jemand heult oder einen hysterischen Anfall hat«, sagte Irina.

Zaghaft klopfte sie an. Keine Reaktion. Die Geräusche im Zimmer nahmen zu. Schließlich öffnete Irina die Tür und steckte, gemeinsam mit ihrem Kollegen Schimpf, den Kopf hinein. Ihr Chef schaute sie hilflos an. Da saß eine kleine, dicke Frau an seinem Schreibtisch, die vor Lachen brüllte, ab und zu auf den Tisch haute, versuchte zu atmen, wieder lauthals losbrüllte. Jetzt rief sie: »Und Sie haben der Zicke den Liebhaber beim Bumsen unter dem Hintern weg verhaftet? Beim Ritt der Walkü..hü...hü...hüre!«

Schneider stand kurz auf und ging zu seinen beiden Mitarbeitern: »Sie fahren jetzt nach Bremen? Gut. Ich beschäftige mich derweil mit Frau Staatsanwältin Hökenschnieder.« Dann machte er die Tür zu.

Es dauerte einige Zeit, bis Frau Hökenschnieder sich wieder gefangen hatte. Dann konnte Schneider sie endlich über die rein sachlichen Dinge informieren. Anschließend las sie sich die bis dato gefertigten Unterlagen durch. Gegen halb zehn ging er mit ihr ins Verhörzimmer, wo Zicke-Sandelholz bereits seit einer halben Stunde wartete. Entsprechend ungehalten war sie auch. Als sie dann noch Frau Hökenschnieder sah, — im Kollegenkreis auch bekannt als Funkenmarie, da sie aktiv im Karnevalsverein mitwirkte — die normalerweise eine Stufe unter ihr stand und deren Albernheit und loses Mundwerk sie ohnehin nicht ausstehen konnte, sagte sie: »Sie trauen sich was. Lassen mich hier eine halbe Stunde warten.«

»Nun werden Sie mal nicht zickig«, war die Antwort, die Staatsanwältin Hökenschnieder herauskicherte. »Sie sagen doch selbst immer, dass man für Recht und Gerechtigkeit Opfer bringen muss.«

Schneider stellte eine Reihe sachlicher Fragen, die die Oberstaatsanwältin exakt und emotionslos beantwortete, weil sie wohl einsah, dass dies der einzige Weg war, unbeschadet aus der Sache herauszukommen. Schneider und Frau Hökenschnieder nahmen ihr ab, dass es sich bei der Beziehung zu Gerhard Klose um eine leidenschaftliche Liebschaft handelte, dass er ihr einen falschen Namen genannt hatte, nämlich Gerd Bentley, und dass sie nicht weiter über Berufliches und Privates gesprochen hatten. Sie kannten sich von der Galopprennbahn und trafen sich gelegentlich zu einem romantischen Wochenende. Das war alles.

»Gut, Frau Zicke-Sandelholz, dann sind Sie entlassen«, sagte Frau Hökenschnieder. »Sie möchten sich bitte morgen früh bei unserem Chef melden.«

»Darauf wäre ich selbst gar nicht gekommen«, antwortete sie schnippisch und verschwand.

Im Anschluss nahmen sie sich noch einmal Gerhard Klose vor, der wieder seinen Anwalt dabei hatte. Bereits nach zehn Minuten war klar, dass sie ihm nichts nachweisen konnten. Niemand hatte ihn auf dem Baumwipfelpfad gesehen. Und was vor allem fehlte, war das Motiv. Also wurde er auf freien Fuß gesetzt. Als er mit seinem Anwalt das Zimmer verlassen hatte, meinte Frau Hökenschnieder: »Dieses Schnuckelchen würde ich auch nicht von der Bettkante schmeißen«, und fing wieder an zu lachen.

Nachdem die Staatsanwältin wieder gefahren war, setzte eine gewisse Resignation bei Schneider ein. Er hatte keinen greifbaren Ansatz. Jetzt konnte er nur hoffen, dass seine Mitarbeiter etwas aus Bremen mitbringen würden, was sie weiterbrachte.

22

Die Hochzeit von Silvia und Hermann war für den letzten Samstag im Mai 1953 anberaumt. Nachdem Silvia von ihren mysteriösen Blähungen befreit war, konnte sie sich ganz ihrem neuen Glück widmen. Die Organisation der Hochzeitsfeier, das Versenden der Einladungen und die Termine bei der Schneiderin füllten ihre Tage aus. Ihre Arbeit im Hotel wurde zu einem Großteil von der Mutter übernommen. Alle fieberten diesem besonderen Tag entgegen. Heide würde das grandioseste Menü auf die Beine stellen, das Bad Harzburg je gesehen hatte. Und die großartigste Hochzeitstorte kreieren.

Heide ging es wieder gut. Sie hatte eine kleine Liebelei mit Ernst begonnen. Für Adolf, der die beiden zusammengebracht hatte, brach eine kleine Welt zusammen. Er versuchte zwar, sich nichts anmerken zu lassen, war aber ziemlich frustriert. Er hätte Heide gern für sich gewonnen. Und da er sie fast täglich sah, wenn er Gemüse anlieferte, versetzte es ihm jedes Mal einen Stich, wenn sie ihn anlächelte und sich keck mit ihm unterhielt. Erich kam nur jedes zweite Wochenende nach Bad Harzburg, da er die meiste Zeit arbeiten musste. Er wohnte in dem Erziehungsheim in der Heide und musste rund um die Uhr zur Verfügung stehen. Aber wenn er im Harz war, nahm sich Heide so viel Zeit, wie sie irgend konnte, um mit ihm zusammen zu sein. Mutter Erika hatte diese Beziehung schon wieder unter die Lupe genommen und sprach sie darauf an: »Er ist ja ein netter Kerl. Aber glaubst du wirklich, dass ein erwachsener Mann, der sich um unerzogene Kinder kümmert, das Richtige für dich ist?«

»Er wird nicht immer Erzieher bleiben. Er hat nämlich

vor, bald ein Lehrerstudium zu beginnen. Schließlich hat er Abitur.«

»Erzieher, Lehrer — was du brauchst, ist ein Hotel- und Restaurantfachmann. Wenn du mal Kinder hast, muss der Mann die Hauptarbeit im Hotel leisten.«

Heide hatte keine Lust, sich damit zu beschäftigen. Vor allem wollte sie sich nicht schon wieder mit ihrer Mutter über ihre Beziehungen unterhalten.

An einem Wochenende im März hatte Heide so viel zu tun, dass sie sich nicht mit Erich treffen konnte. Er war ins Hotel gekommen, um sie abzuholen. Als er in die Küche kam, fand er dort ein großes Tohuwabohu vor. Heide instruierte mehrere Helfer vom Herd aus, während sie gleichzeitig in zwei Töpfen rührte. Als sie Erich sah, sagte sie ihm: »Es tut mir furchtbar leid, aber Mutter hat für heute eine große Gesellschaft angenommen, ganz kurzfristig. Ich weiß gar nicht, wie ich das alles schaffen soll. Ich kann hier keine Minute weg.«

»Oh, das ist schade. Na, dann muss ich wohl allein durch die Stadt bummeln. Eigentlich wollte ich dich in ein Café einladen.«

»Schade. Aber du siehst ja, was hier los ist.«

»Du kannst ja nichts dafür. Die Arbeit geht vor. Ich melde mich das nächste Mal wieder.«

Als er das Hotel verließ, traf er Heides Schwester Rosemarie. Sie hatte sich fein gemacht, trug ein schönes Frühlingskleid und ein Hütchen. Es war für die Jahreszeit außergewöhnlich warm.

»Na, da hast du aber Pech mit Heide. Sie muss bis heute Abend arbeiten.«

»Und du hilfst nicht mit?«

»Das fehlte noch! Das würden die Gäste nicht überleben. Ich arbeite ja auch gar nicht im Hotel. Wenn du Lust hast, kannst du mich begleiten. Ich wollte heute bei dem schönen Wetter etwas bummeln gehen, vielleicht einen Kaffee trinken.«

»Na gut, ich komme mit. Ich hatte mich so gefreut auf diesen Nachmittag. Und jetzt weiß ich gar nicht, was ich mit meiner Zeit anfangen soll.«

Aus einem kleinen Techtelmechtel zwischen der schönen Rosemarie und dem ebenfalls gut aussehenden Erich entwickelte sich sehr schnell sehr viel mehr. Erich war fasziniert von dieser jungen Frau. Sie war so ganz und gar anders als die kleine Schwester. Selbstbewusst, elegant, gebildet. Die Leute drehten sich nach ihr um. Ein gewisses Gefühl von Stolz kam in ihm hoch, mit dieser Frau durch Bad Harzburg zu spazieren.

An seinem nächsten freien Wochenende tauchte Erich gar nicht erst bei Heide auf. Sie hatte damit gerechnet, dass er sie am Sonntagnachmittag abholen würde. Aber er kam nicht. Zum Haus seiner Eltern zu gehen, wo er an seinen freien Wochenenden wohnte, kam nicht infrage. Man lief keinem Mann nach. Und Telefon hatten seine Eltern nicht.

Als sie abends nach getaner Arbeit in ihrem Zimmer war, um sich schlafen zu legen, schaute sie noch einmal aus dem Fenster und traute ihren Augen nicht. Da war Erich. Zusammen mit Rosemarie. Sie schienen ziemlich vertraut miteinander zu sein. Schließlich küssten sie sich, bevor ihre Schwester die Haustür öffnete. Erich winkte ihr noch einmal zu und verschwand in der Dunkelheit. *Nicht schon wieder,* dachte Heide. Was hatte sie nur für Schwestern? Der erste Mann, in den sie sich verliebt hatte, heiratete in Kürze ihre älteste Schwester. Und der Mann, in den sie sich danach verliebt hatte, war nun ganz offensichtlich mit Rosemarie verbandelt.

Heide sprach Rosemarie nicht darauf an, was sie gesehen hatte. Zuerst war sie wütend gewesen und hatte sich vorgenommen, ihre Schwester zur Rede zu stellen. Aber dann wurde sie immer trauriger. Das einzige Mittel, dagegen anzukämpfen, war die Arbeit. Schließlich siegte ihr Stolz. Sie hatte es nicht nötig, irgendeinem Kerl hinterherzulaufen. Sollte ihre Schwester doch selig werden mit diesem Erzieher.

Zwei Wochen später verreiste Rosemarie übers Wochenende. Die Mutter war ganz aufgelöst. Eine alleinstehende, junge Dame konnte doch nicht einfach verreisen. Wohin denn überhaupt? Und wen würde sie dort treffen? Rosemarie war sehr selbstbewusst. Sie sagte, sie würde in die Lüneburger Heide fahren, um sich dort mit Freunden zu treffen. Was denn für Freunde, wollte die Mutter wissen. Sie sei alt genug, um auch mal ein paar Tage etwas zu unternehmen, ohne auszuposaunen, mit wem sie zusammen sei, war ihre patzige Antwort. Die Mutter versuchte, ihr das zu verbieten, biss aber auf Granit. Heide wusste, mit wem sie sich treffen würde. Sie dachte zwar, es würde ihr nichts ausmachen, aber sie wurde immer verschlossener und redete nur noch das Nötigste mit Mutter und Schwestern.

Eine Woche vor Silvias Hochzeit nahm das Drama im Hause Harrach seinen Lauf. Rosemarie kam mittags von der Arbeit nach Hause. Normalerweise kam sie erst abends. Aber heute musste irgendetwas passiert sein. Sie lief heulend auf ihr Zimmer, die Mutter hinterher. Nachdem das Kaffeetrinken im Restaurant beendet war, trommelte die Mutter ihre drei Töchter zusammen. Alle sollten sich im Wohnzimmer einfinden. Schließlich ergriff sie das Wort: »Es ist das Schrecklichste eingetreten, was man als Mutter von Töchtern nur befürchten kann. Rosemarie ist schwanger. Unverheiratet und schwanger! Sie war vorhin beim Arzt. Es gibt nichts an dieser Tatsache zu rütteln.«

Rosemarie heulte auf. Mutter Erika fuhr unbeirrt fort: »Und ausgerechnet dieser kleine, mickrige Erzieher ist der Vater. Nachdem ich es Heide offenbar ausreden konnte, sich mit diesem Menschen einzulassen, fällt meine zweitälteste Tochter auf ihn herein. Soviel zum Thema Verreisen.«

In Heide brodelte es.

Erika setzte ihre Gardinenpredigt unbeirrt fort: »Nun wird dir nichts anderes übrig bleiben, als diesen Kerl zu heiraten. Ich hätte mir jemand anderes für dich gewünscht. Und du selbst bestimmt auch.« Sie sah ihre Tochter durchdringend an.

Jetzt konnte sich Heide nicht mehr halten: »Ihr verfluchten Schlampen! Zuerst habe ich mich in Hermann verliebt. Und meine große, tolle Schwester Silvia nimmt ihn mir weg. Dann verliebe ich mich in Erich. Und meine liebe Schwester Rosemarie lässt sich ein Kind von ihm machen.«

»Heide!«, brüllte die Mutter. »Beherrsche dich gefälligst!«

Aber mit ihrer Beherrschung war es vorbei. Alles brach wieder auf, was sie die letzten Monate durchlitten hatte. Sie war hier offenbar nur die kleine dumme Arbeitssklavin, während alle anderen sich vom Leben nahmen, was ihnen gerade gefiel. Sie konnte nicht mehr, und sie wollte auch gar nicht mehr. Sie rannte in ihr Zimmer, warf sich aufs Bett und heulte. An diesem Tag stand sie nicht mehr auf. Mutter Erika wurde ganz unruhig. Es war noch nie vorgekommen, dass ihre jüngste Tochter ausfiel. Also verständigte sie den alten Josef, dass er früher kommen sollte, um das Abendessen vorzubereiten. Am nächsten Morgen stand Heide immer noch nicht auf. Als ihre Mutter in ihr Zimmer kam, sagte sie, es ginge ihr schlecht und sie könne sich nicht auf den Beinen halten. Also verständigte die Mutter den Arzt. Als dieser gegen Mittag kam und sie untersuchte, bat Heide darum, dass die Mutter draußen warten möge. Widerwillig tat sie es. Als der alte Hausarzt dann auf den Flur kam, wurde er gleich von Erika mit Fragen bombardiert.

Ganz ruhig und gelassen erklärte er ihr: »Organisch ist sie im Grunde gesund. Aber sie ist völlig erschöpft und überarbeitet. Sie braucht jetzt Ruhe und Erholung. Ihre Erschöpfung greift auch auf die Seele über.«

»Aber ich habe gar nicht bemerkt, dass sie erschöpft ist. Sie ist jung und liebt ihre Arbeit. Sie hat immer alles geschafft.«

Der Arzt sah sie skeptisch an und sagte: »Es gibt Krankheiten, die sieht man erst, wenn es zu spät ist. Bei Heide ist es jetzt fünf Minuten vor zwölf. Wenn sie sich nicht schont, kann es böse enden. Sie soll sich mindestens zwei Wochen ausruhen. Mit solch einem seelischen Erschöpfungszustand ist nicht zu spaßen.«

»Aber die Hochzeit. Meine Älteste heiratet, und Heide muss sich um das Menü kümmern und um den Kuchen.«

»Das muss leider jemand anderes tun, liebe Frau Harrach. Ich habe ihr ein Medikament verschrieben, das ihr hilft, zur Ruhe zu kommen. Aber viel wichtiger ist, dass sie auch wirklich Ruhe hat.«

Mit bekümmertem Gesicht verabschiedete sie den Arzt. Jetzt musste sie alles umorganisieren. Josef musste ran. Und er sollte noch eine weitere Hilfe einstellen für den großen Tag, an dem ihre älteste Tochter ihren Traummann heiraten sollte.

Erika kam mehrmals täglich in Heides Zimmer, um sie mit Essen zu versorgen und sich nach ihrem Zustand zu erkundigen. Zum ersten Mal war sie um ihre jüngste Tochter ernsthaft besorgt. Wie sollte sie das alles schaffen ohne ihre Hilfe? Am Freitag reisten die Gäste aus Bremen an. Sie würde Hotel und Restaurant von Freitag bis Sonntag schließen, um sich um den Besuch und dessen Verköstigung kümmern zu können. Dass Heide ausfiel, war ein Jammer. Dazu auch noch die Sorge um die schwangere Rosemarie. Um wenigstens den Schein zu wahren, dass alles mit rechten Dingen zuging, wurde Erich als Rosemaries Tischherr eingeladen.

Für Freitag hatte Erika eine Konditorin bestellt, die sich um die Hochzeitstorte kümmern und verschiedene Kuchen backen sollte. Heides Lebensgeister wurden wieder wach. Jedoch aufzustehen und zu arbeiten, um ihrer Schwester eine schöne Hochzeit zu bereiten oder die Mutter zu entlasten, fiel ihr nicht im Traum ein. Sollten doch die drei selbstsüchtigen Weiber zusehen, wie sie zurechtkamen. Die beiden Schwestern vermieden es auch, Heide in ihrem Zimmer zu besuchen. Es war wohl bei beiden ein leichtes Schuldgefühl vorhanden. Am Freitagabend überkam Heide eine unbändige Wut, die sie einfach nicht unterdrücken konnte. Spätabends, als die Familie und die vielen Gäste, die heute angekommen waren, bereits schliefen, schlich sie sich in die Küche. Die Konditorin hatte einen Marzipanteig vorbereitet, mit dem sie am nächsten Morgen die dreistöckige Hochzeitstorte überziehen wollte. An diese Hochzeitstorte sollte sich ihre Schwester ewig erinnern. Heide mixte aus verschiedenen Essenzen, die sie vor längerer Zeit selbst hergestellt hatte, etwas zusammen und rührte es in die Marzipanmasse ein. Zufrieden ging sie wieder in ihr Zimmer.

Das Wetter am Hochzeitstag zeigte sich von seiner besten Seite. Am Vormittag machten sich die Gäste auf den Weg zur Kirche. Zum Schluss kam Hermann mit dem Mercedes-Benz seines Vaters vorgefahren, um die Braut abzuholen. Der Wagen war üppig mit Blumen geschmückt. Silvias Kleid war ein Traum aus Tüll und Seide. Mit dem langen Schleier sah sie aus wie eine Königin. Heide beobachtete alles von ihrem Fenster im zweiten Stock aus. Als sie den schicken Bräutigam in seinem dunklen Anzug sah, hätte sie heulen können.

Bevor die Hochzeitsgesellschaft aus der Kirche zurückkam, nahm sich Josef trotz der enormen Anspannung ein paar Minuten Zeit, um Heide eine Suppe zu bringen.

»Damit du wieder zu Kräften kommst, meine Meisterköchin. Später bringe ich dir ein Stück von der Hochzeitstorte.«

»Nein, Josef. Ich kann keinen Kuchen sehen. Aber es ist lieb, dass du dich um mich kümmerst, obwohl die ganze Arbeit jetzt an dir hängen bleibt.«

Schließlich kam die fröhliche Gästeschar zurück. Draußen im Hotelgarten wurden Sekt und Häppchen gereicht. Dann gingen alle hinein, weil das Festmenü begann. Danach fing eine Musikkapelle zu spielen an. Am späten Nachmittag wurde die Kaffeetafel eingedeckt, und das Brautpaar schnitt die grandiose Hochzeitstorte an. Eine halbe Stunde später rannten die ersten Gäste hinaus, um sich über das Geländer an dem kleinen Flüsschen zu beugen und zu erbrechen. Die

Toiletten waren alle besetzt, und immer mehr Gäste rannten hinaus. Es artete in einer großen Massenkotzerei aus. Erika, die neben ihrer Tochter Rosemarie die Einzige war, die nicht von der Hochzeitstorte gegessen hatte, lief herum und verteilte Servietten und half den Gästen zurück, die sich übergeben hatten. Ein Mann hatte seinen dunklen Anzug ruiniert, die Mutter des Bräutigams ihre Schuhe. Wer es hinter sich hatte, dem ging es wieder leidlich gut. Aber die Stimmung war dahin. Einige Gäste, besonders die männlichen, setzten sich nach der Brechattacke draußen hin und tranken Schnaps, der angeblich gegen Magenbeschwerden helfen sollte. Die meisten gingen aber auf ihr Zimmer oder machten sich auf den Heimweg. Das abendliche Diner fand nicht statt. Die Feier war beendet.

Erst am nächsten Tag fand Erika die Kraft, nach den Verantwortlichen des Desasters zu suchen. Ihrer Ansicht nach fing das große Erbrechen nach dem Verzehr der Hochzeitstorte an. Also machte sie sich auf den Weg in die Konditorei, die ihr die Mitarbeiterin geschickt hatte, und kündigte Konsequenzen an, die allerdings nur darauf hinausliefen, dass sie jegliche Zusammenarbeit beendete.

23

Das Haus des Dr. Hermann Jokiel befand sich in Bremen-Lesum. Die Jugendstilvilla wurde von seinem älteren Sohn bewohnt, der im Parterre auch seine Arztpraxis hatte, so wie vor ihm sein Großvater und dann sein Vater. Hermann Jokiel war nach der Übergabe der Praxis in ein kleineres Haus hinter der Villa gezogen. Das Grundstück war groß und gepflegt. Hier war ganz offensichtlich ein Gärtner am Werk, der alles in Ordnung hielt. Im Erdgeschoss befanden sich ein großes Wohnzimmer, ein Esszimmer und die Küche. Oben waren ein Schlafzimmer und ein Gästezimmer mit Bad. Als optisches Highlight erwies sich die Bibliothek mit gemütlicher Sitzecke und einem großen alten Schreibtisch. Drei Wände waren mit eingebauten Regalen versehen. Die Fensterfront bot einen herrlichen Blick auf das Grundstück mit Bäumen und Sträuchern. Offenbar war dieses Haus mal als Altenteil gebaut worden. Während die große Villa einer ganzen Familie Platz zum Leben und Arbeiten bot, war hier einfach nur behagliches Wohnen angesagt. Die Bibliothek war denn auch das einzig Interessante für die beiden Kommissare. Ein mit Intarsien verzierter Schrank war mit Ordnern vollgestellt. In einem Regal gab es etliche Fotoalben. Alles, was irgendwie bedeutsam erschien, nahmen Irina und ihr Kollege Schimpf mit. Gegen Abend war das Auto proppenvoll mit Unterlagen. Ein Fach des Schreibtisches war verschlossen. Der Sohn wusste zwar nicht, wo der Schlüssel zu finden war, hatte jedoch den richtigen Riecher. Er fand ihn zwischen Venedig und Toskana im Bücherregal. Dass dieses Fach verschlossen war, verstand Irina. Denn dort hatte Hermann Jokiel einen Stapel Tagebücher aufbewahrt. Zwischen 1950 bis in die jüngste Vergangenheit gab es immer wieder Einträge. Manchmal täglich, zeitweise auch nur alle paar Monate. Der Sohn schaute ganz erstaunt: »Davon habe ich nichts gewusst. Wahrscheinlich hatte selbst meine Mutter keine Ahnung davon.«

»Herr Jokiel, diese Tagebücher könnten wichtig für uns sein. Selbstverständlich bekommen Sie alles zurück, wenn wir den Tod Ihres Vaters aufgeklärt haben. Wir gehen damit sorgsam und diskret um.«

»Kein Problem.«

Als die beiden Kommissare zurück waren und sie die Unterlagen in Irinas Büro gebracht hatten, war es nach 21.00 Uhr.

»Für einen Sonntag haben wir, glaube ich, genug gearbeitet«, sagte Schimpf. »Sollen wir noch versuchen, etwas Essbares zu kriegen?«

»Ja, ich habe keine Lust mehr, zu Hause belegte Brote zu essen. Wir lassen uns jetzt verwöhnen und dann ab in die Kiste.«

Schimpf schaute seine Kollegin lächelnd an.

»Getrennt, versteht sich«, sagte Irina, und beide lachten.

Am Montagmorgen informierte Irina ihren Chef kurz über ihre Fahrt nach Bremen und machte sich dann, zusammen mit ihrem Kollegen Schimpf, über die Unterlagen her. Schimpf nahm sich zunächst das Finanzielle vor und alles, was mit seinem Beruf als Arzt zu tun hatte. Irina stürzte sich auf die Tagebücher. Insbesondere die frühen 50er Jahre interessierten sie, als Hermann Jokiel in Goslar und Bad Harzburg gewohnt hatte. Dann dachte sie, bevor sie sich in die Tagebücher vertiefte, könnte sie ja schnell mal einen Blick in einige der Fotoalben werfen. Die Fotos aus Kindertagen waren nicht sehr ergiebig. Offenbar war Hermann Jokiel ein Einzelkind gewesen. Seine Eltern hatten ihn aus allen Perspektiven aufgenommen. Hermann beim Baden, auf dem Schaffell, beim Laufenlernen, halt alles, was Eltern stolz macht und sie gern verewigen wollen. Dann die Schulzeit und die Jahre des jungen Erwachsenen. Irina hatte sich recht schnell bis Anfang der 50er Jahre durchgekämpft, als sie ein Bild sah, das ihr bekannt vorkam. Natürlich, das war das gleiche Bild, das sie auch in Büttners Album gesehen hatte. Drei junge Männer im Kalten Tal. Links Büttner, in der Mitte Jokiel und rechts ebenfalls ein Mann von etwa Mitte zwanzig. Das war hochinteressant. Ob Adolf Ehrenberg hier weiterhelfen konnte? Oder Frau Harrach? Der älteste Jokiel-Sohn war doch noch da. Sie rief ihn an und vereinbarte, dass er gleich vorbeischauen würde.

Eine halbe Stunde später saß er mit Irina zusammen in ihrem Büro: »Es tut mir leid. Ich habe keine Ahnung, wer der dritte Mann sein könnte. Dass er Herrn Büttner kannte, wusste ich ja auch nicht.«

»Hat Ihr Vater denn überhaupt mal was aus diesen frühen Jahren, also aus der Zeit vor Ihrer Geburt, erzählt? Was wissen Sie?«

»Eigentlich nichts. Ich weiß nur, dass er eine Zeit lang in Goslar gearbeitet hat. Bei dieser Gelegenheit hat er auch meine Mutter kennengelernt, die ja in Bad Harzburg wohnte. Im darauffolgenden Jahr haben sie geheiratet. Und ich glaube, Ende 1953 sind sie dann nach Bremen gezogen, wo ich kurz danach geboren wurde. Über Einzelheiten, was in seiner Harzer Zeit gewesen ist, weiß ich gar nichts. Ich erinnere mich nur, dass ich als ganz kleines Kind mal im Harz war. Da lebte meine Großmutter noch. Sie hatte ja dieses Hotel. Und zu den Fotos aus der Zeit vor meiner Geburt kann ich leider nichts sagen. Ich kenne niemanden. Das sind für mich alles fremde Leute.«

»Danke, Herr Dr. Jokiel. Dann muss ich mich anderweitig umhören. Zum Beispiel bei Ihrer Tante, Frau Harrach.«

Irina brannte es unter den Nägeln. Zuerst fuhr sie zur Schwester von Erich Büttner, um das Foto zu zeigen. Diese konnte sich zwar an Dr. Jokiel erinnern, aber nicht an den dritten Mann auf dem Bild. Von dort aus düste sie den Berg hoch nach Braunlage. Zwanzig Minuten später hielt sie vor dem Haus von Heide Harrach und Adolf Ehrenberg. Die beiden waren gerade im Garten beschäftigt. Nachdem Irina geläutet hatte, kam Frau Harrach von hinten um das Haus herum und nahm sie mit. Alle drei setzten sich auf die Terrasse.

»Es tut mir leid, dass ich schon wieder stören muss.«

»Ich bitte Sie. Sie müssen doch Ihre Arbeit machen. Was können wir für Sie tun?«, fragte Herr Ehrenberg.

Irina holte aus ihrer Mappe das Foto heraus und fragte: »Kennen Sie diese Männer?«

Frau Harrach schaute genau hin und sagte: »Natürlich, das links ist Erich, in der Mitte ist mein Schwager Hermann, und rechts, das ist, äh ..., na, man wird alt. Karl, das ist Karl.«

»Nachname?«

»Daran erinnere ich mich nicht. Karl stammte aus der Gegend um Goslar oder Bad Harzburg. Hermann lernte ihn 1953 kennen, nachdem er meine Schwester geheiratet hatte. Die beiden waren eine Zeit lang unzertrennlich. Und zu ihnen gesellte sich Erich. Die drei jungen Männer haben damals eine Menge zusammen unternommen. Ich erinnere mich, dass meine Schwester sich schon beschwert hat, weil ihr Mann sich zu wenig um sie kümmerte. Aber sie war nun mal eine Art Modepüppchen und Hermann ein Naturmensch, der in seiner knapp bemessenen Freizeit raus wollte. Karl und Erich, der ja mit meiner anderen Schwester verbandelt war, hatten einfach die gleichen Interessen wie Hermann.«

»Wissen Sie noch mehr über diesen Karl? Zum Beispiel, was er beruflich machte?«

»Er hat damals noch studiert. Er kam ja auch nur am Wochenende. Sonntagabends fuhr er nach Göttingen, wo er ein Zimmer hatte. Wenn ich mich nicht täusche, studierte er dort Jura. Tja, der Karl. Er war irgendwie ein komischer Kauz. Hochtrabend, als ob er der Präsident von was weiß ich gewesen wäre. Und er ging gern den Frauen an die Wäsche. Ich glaube, er hat es bei jeder versucht. Ich habe ihn ein paar Mal rüde zurückgewiesen. Tja, und dann war irgendwann Schluss. Er kam nicht mehr.«

»Wie Schluss?«

»Ich denke, so ab Herbst 1953 kamen die beiden nicht mehr zu Hermann. Die Verbindung zwischen meiner Schwester Rosemarie und Erich war ja in die Binsen gegangen. Vielleicht wollte er sich deshalb nicht mehr bei uns sehen lassen. Aber Karl kam auch nicht mehr. Ganz plötzlich. Ich erinnere mich noch, dass Hermann an einem Sonntagabend, als ich im Restaurant alles für das Abendessen vorbereitete, von einer ausgiebigen Wanderung mit den beiden nach Hause kam und sehr missmutig dreinschaute. Als ich mich erkundigte, ob denn seine Freunde nicht zum Essen kämen, wie sie es sonst immer taten, bekam ich nur eine knappe Antwort nach dem Motto: *nein, die brauchen von mir aus nicht wiederzukommen*. Ich habe mich gewundert über seine schlechte Laune. Jedenfalls habe ich die beiden danach nicht mehr gesehen. Wahrscheinlich ist dort irgendetwas vorgefallen an diesem Tag. Mehr fällt mir dazu nicht ein. Karl habe ich jedenfalls nie wiedergesehen. Und Erich erst vor ein paar Jahren, als ich wieder in den Harz zog. Wenn ich es recht bedenke, war an diesem Tag auch noch etwas Schlimmes passiert. Ja, das war genau an diesem Tag, dass unser Zimmermädchen Barbara heulend zu mir in die Küche kam. Sie war vergewaltigt worden.«

»Oh Gott, wissen Sie, von wem?«

»Das hat sie nicht gesagt.«

»Wie kriege ich nur etwas über diesen Karl heraus?«, fragte Irina mehr sich selbst als Frau Harrach, die sich jedoch angesprochen fühlte.

»Sollte mir doch noch etwas einfallen, melde ich mich bei Ihnen. Es kommt mir schon ziemlich unheimlich vor, dass zwei der Männer auf dem Foto innerhalb kurzer Zeit auf so mysteriöse Weise sterben mussten.«

»Ja. Sollte dieser Karl noch leben, möchte ich nicht, dass ihn ein ähnliches Schicksal erhascht. Aber das ist natürlich

Spekulation. Nur, falls das Motiv für den Tod von Hermann und Erich in der Vergangenheit liegt, könnte dieser Karl in Gefahr sein.«

Wieder auf der Dienststelle, stürzte sich Irina auf die Tagebücher der Jahre 1952 und 1953. Zunächst gab es etliche kurze Eintragungen für 1952.

Bad Harzburg, 25. Juli 1952:
Goslar geht in Ordnung. Sie nehmen mich. Schönes altes Städtchen, mittelalterlich düster, aber romantisch.
Im Hotel die junge Köchin kennengelernt. Nettes Mädchen. Hat extra für mich eine Pilzmahlzeit zubereitet.

Bad Harzburg, 26. Juli 1952:
Sie heißt Heide, ist siebzehn Jahre jung und ein zauberhaftes Geschöpf. Hat für mich eine grandiose Platte mit Spezialitäten gemacht und das beste Dessert meines Lebens serviert.

Bad Harzburg, 27. Juli 1952:
Aufenthalt um einen Tag verlängert, um mit Heide in den Wald zu gehen. Geküsst. Wahrscheinlich war es ihr erster Kuss überhaupt.

Goslar, 18. August 1952:
Nach Goslar gezogen. Wohnung in einem alten Haus in der Innenstadt. Ziemlich primitiv.

Bad Harzburg, 21. August 1952:
Heide wiedergesehen. Ich glaube, ich bin verliebt. Sie ist es auf jeden Fall. Offenbar bin ich für sie eine Lichtgestalt.

Dann folgten etliche Einträge zu seiner Arbeit im Krankenhaus. Interessant wurde es dann etwas später:

Bad Harzburg, 03. September 1952:
Mutter Harrach hat mich zu sich zitiert, um mir zu sagen, dass Heide nicht die Richtige für mich ist. Sie sei zu jung und außerdem an das Hotel gebunden. Als Arztfrau ungeeignet. Zuerst will sie die beiden älteren Töchter unter die Haube kriegen. Die Frau weiß, was sie will.

Bad Harzburg, 15. September:
Mit Silvia in Goslar ausgegangen. Eine wirklich charmante junge Dame. Sie weiß, wo es lang geht. Es fühlt sich gut an, diese Frau an seiner Seite zu haben. Dagegen ist Heide wirklich ein kleines Mädchen.

Dann ging es so weiter bis zur Verlobung an Weihnachten 1952. Im Frühjahr 1953 stand dann folgender Eintrag:

Bad Harzburg, 05. März 1953:
Silvia furzt wie ein alter Bär. Wer soll es mit dieser Frau aushalten? Ich weiß nicht, wie ich ihr helfen kann. Es schlägt auch auf die Stimmung bei ihr und mir. Ich habe gar keine Lust mehr.

Bad Harzburg, 25. März 1953:
Heide hat ihre Schwester mit einer Art Wundermittel von ihren Blähungen befreit. Ich weiß nicht, was ich denken soll. Silvia blüht auf, seit sie von dieser Last befreit ist.

Der nächste interessante Eintrag dann zwei Tage nach der Hochzeit im Mai:

Was war das denn für ein riesengroßer Mist!? Herrliches Hochzeitswetter. Ein Traum von einer Braut. Eine wunder-

schöne Trauung. Ein toller Empfang und ein gutes Menü. Und dann, kurze Zeit, nachdem die grandiose Hochzeitstorte verteilt war, die Katastrophe: Die Leute kotzten sich die Seele aus dem Leib. So etwas hat die Welt noch nicht gesehen. Die Feier ist geplatzt!

Es folgten Einträge, die er in Venedig vorgenommen hatte. Danach ein paar Berichte über seine Arbeit. Zwischendurch mal Gedanken zu seinem Eheleben. Es kam heraus, dass er sich wohl in sexueller Hinsicht mehr erwartet hatte. Dann zum ersten Mal Erich und Karl:

Bad Harzburg, 30. Juli 1953:
Rosemarie hat ihr Kind verloren. Sonderlich traurig scheint sie nicht zu sein. Sie und Erich passen sowieso nicht zusammen. Sie will die große Dame sein, aber ihr Mann ist nur Erzieher in einer Besserungsanstalt. Am besten, sie trennen sich. Habe lange mit ihm während der Wanderung geredet.

Bad Harzburg, 06. August 1953:
Mit Erich und Karl gewandert. Zwei prima Freunde. Karl ist ein ganz geiler Hund. Von dem kann man noch was lernen.

Bis Mitte September kam Karl in den Notizen noch einige Male vor. Besonders interessant war ein Eintrag, der Hermanns Besuch bei seinem Freund Karl in Göttingen beschreibt:

Bad Harzburg, 16. September 1953: Endlich mal raus aus dieser Tretmühle. Ich bin froh, wenn ich dieses drittklassige Krankenhaus hinter mir lassen kann. Und endlich mal weg von der treu sorgenden Ehefrau, die sich nur noch mit Klamotten beschäftigt und wie sie unser Haus in Bremen ausstatten will. Von Erotik hält sie nicht viel. Und sie lässt sich auch nichts beibringen. Aber das Wochenende in Göttingen war wirklich eine Entschädigung. Karl liegt genau auf meiner Spur. Wo er dieses Mädchen aufgetrieben hat und wie er sie dazu gebracht hat, das alles zu machen, weiß nur er. Bald mehr davon. Ob Erich auch so empfindet, weiß ich noch nicht. Wir werden sehen.

Bad Harzburg, 25. September 1953: Diese verfluchten Nachtdienste! Jetzt habe ich erst mal ein paar Tage frei. Morgen kommt Karl. Erich kommt auch übers Wochenende von seinen Schwererziehbaren. Ich habe eine Hütte im Wald organisiert. Alles Weitere wird sich finden.

Bad Harzburg, 28. September 1953: Scheiße! Scheiße! Scheiße! Was haben wir da getan? Wie konnte es so weit kommen? Bei jedem Geräusch denke ich, die Polizei steht vor der Tür. Wenn das herauskommt, ist alles aus: Beruf, Karriere, Ehe, alles. Ich verfluche mich selbst! Und Karl, dieses Arschloch! Es ist eine Katas-trophe!

Bad Harzburg, 10. Oktober 1953: Offensichtlich wurde die Polizei nicht informiert, sonst wäre sie schon hier gewesen. Ich mache drei Kreuze.

Nach diesen Einträgen kam bis zum Ende des Tagebuchs im Dezember nichts Bedeutsames mehr. Nur der Umzug nach Bremen war erwähnenswert. Aber die beiden letzten Eintragungen hatten es in sich. Was war zwischen dem 25. und 28. September geschehen?

Irina versuchte, ihre Gedanken zu ordnen und aufgrund der hier niedergeschriebenen Informationen eine Vorstellung zu konstruieren, was vorgefallen war. Es klang so, als sei für Hermann Jokiel eine Welt zusammengebrochen.

Die drei jungen Männer wollten das Wochenende zusammen verbringen. Hermann hatte eine Hütte im Wald besorgt.

Dort hatten sie etwas getan, zumindest er und Karl, Erich wird hier nicht erwähnt, was nicht herauskommen durfte. Wenn die Polizei Kenntnis von dieser Tat erhielte, würde dies zur Katastrophe führen. Eine Straftat also. Etwas Sexuelles? Eine Vergewaltigung?

24

Zwei Tage nach der Hochzeit fuhren Silvia und Hermann mit dem Zug nach Venedig. Kurz darauf hielt es Heide nicht mehr im Bett. Sie spürte ihre Lebensgeister wieder und machte jeden Tag einen Spaziergang. Als Josef krank wurde, bekam Mutter Erika einen hysterischen Anfall. Wie sollte es jetzt weitergehen? In dieser Jahreszeit gutes Personal zu bekommen, insbesondere einen Küchenchef, war nahezu unmöglich. Ohne ein Wort zu sagen, zog Heide ihre Küchenkluft an und machte sich an die Arbeit. Der Mutter fiel ein Stein vom Herzen.

Nach nur zehn Tagen war das junge Paar aus Venedig zurück. Silvia konnte gar nicht aufhören, von ihrer Reise zu erzählen. Im Juni beorderte Erika ihre drei Töchter zu einem Gespräch. Sie hatte beschlossen, dass Rosemarie und Erich im August heiraten sollten.

»Man kann es ja nicht ewig aufschieben. Es ist beschämend, mit einem dicken Brauch vor den Traualtar zu treten. Es wird eine Hochzeit im kleinen Rahmen. Mir liegt diese Riesenblamage von Silvias Hochzeit noch im Magen. Außerdem sehe ich keinen Anlass für ein großes Freudenfest. Diese Hochzeit ist eine reine Notwendigkeit.«

Die beiden älteren Schwestern sahen die Mutter an, als stünden sie vor einem Strafgericht. Diese fuhr unbeirrt fort: »Heide, du wirst einen Vorschlag für ein Menü machen für, sagen wir mal, zwanzig Personen.«

»Einen Scheißdreck werde ich machen!«

Drei Augenpaare starrten fassungslos das Mädchen an, das es gewagt hatte, so mit der Mutter zu reden. Heide sprach einfach weiter: »Ich habe für Silvia kein Hochzeitsmenü gemacht, und ich werde es auch für Rosemarie nicht tun. Du, liebe Mutter, hast mir zwei Männer abspenstig gemacht, die sich dann ungeniert meine Schwestern genommen haben, ohne sich zu fragen, wie weh sie mir damit tun. Ich werde nicht zusehen, wie sie glücklich werden und sogar noch dazu beitragen, indem ich ihnen irgendwelche Traumhochzeiten ausrichte. Über dieses Thema werde ich nicht weiter diskutieren. Und da wir schon mal dabei sind: Ich werde mir auch nicht mehr in meine Arbeit reinreden lassen. Die Küche ist mein Reich und ich bestimme, was dort läuft. Ich mache die Speisekarte und bringe auf den Tisch, was ich für richtig halte. Und wenn dir das nicht passt, Mutter, dann packe ich meine Klamotten und gehe in die Schweiz.«

»So redest du nicht mit deiner Mutter! Du undankbares Geschöpf. In die Schweiz! Du bist noch lange nicht volljährig. Über deinen Aufenthaltsort bestimme ich.«

»Dann bestimme mal schön. Aber ich bestimme, wo und wie ich arbeite.«

Damit verließ sie das Zimmer und machte sich wieder an die Arbeit. Jetzt fühlte sie sich erleichtert. Das hätte sie längst schon so klipp und klar sagen sollen. Alles in sich hineinzufressen macht krank.

Hermann war nach der Rückkehr aus Venedig ins Haus Harrach eingezogen. In der obersten Etage des dreistöckigen Hotels bewohnte die Familie einige Räume. Nun bekamen Silvia und Hermann noch einen dazu, den sie als Wohnzimmer benutzen konnten. Am Jahresende würden sie ohnehin nach Bremen ziehen.

Heide gab sich mit der Familie nicht viel ab. Sie hatte schließlich genug zu tun. In ihrer knapp bemessenen Freizeit ging sie in den Wald oder ruhte sich auf ihrem Zimmer aus. Sie registrierte aber, dass Hermann sich an Wochenenden, an denen er nicht arbeiten musste, gern mit Erich und einem neuen Freund, einem gewissen Karl, abgab. Die drei jungen Männer unternahmen des Öfteren Wanderungen. Und einmal besuchte Hermann seinen neuen Freund auch in Göttingen. Irgendwie schien es mit der Zweisamkeit des jungen Ehepaares nicht so zu harmonieren, wie man es normalerweise bei Jung vermählten erwarten würde. Silvia hingegen gab sich ganz als glückliche Ehefrau. Sie beschäftigte sich mit ihren Luxusproblemen hinsichtlich der Einrichtung ihres Heims in Bremen und mit ihrem Äußeren.

Rosemarie schien die Aussicht auf ihre baldige Heirat nicht gerade froh zu stimmen. Sie hatte sich wohl einen anderen Mann gewünscht als Erich, der jeweils zwei Wochen im Erziehungsheim wohnte, um dann mal für ein Wochenende nach Hause zu kommen. Und diese freie Zeit verbrachte er nun auch noch meist mit seinem künftigen Schwager Hermann und diesem Karl. Wenn sie gesellschaftlich und finanziell auch nur halbwegs aufsteigen wollte, müsste sie auch noch die dreijährige Studienzeit ihres Mannes in Kauf nehmen. Und selbst danach würde sie nie die finanziellen Mittel zur Verfügung haben wie ihre große Schwester. Ganz abgesehen vom Status. Zwischen Arzt und Lehrer lagen Welten. Entsprechend missmutig schaute sie auch drein.

Dann sollte sich für Rosemarie plötzlich alles ändern. An einem Samstag Ende Juli ging es ihr nicht gut. Hermann, der nach ihr sah, vermutete eine Fehlgeburt. Man brachte sie ins Krankenhaus. Als sie eine Woche später wieder nach Hause kam, war sie nicht mehr schwanger. Niemand hätte es auszusprechen gewagt, aber sowohl Mutter Erika als auch Rosemarie schienen mit dem Schicksal nicht zu hadern. Es wurde nicht mehr über die Hochzeit geredet. Eine offizielle Verlobung hatte es ohnehin nicht gegeben. Also nahmen Erich und Rosemarie immer mehr Abstand voneinander. Irgendwann im August erklärte Erika schließlich die Episode zwischen den beiden für beendet. Erich erschien jetzt nicht mehr im Hotel. Wenn er etwas mit Hermann unternehmen wollte, wurde er von ihm abgeholt. Die Freundschaft zwischen den beiden Männern bestand fort. Und der lange Karl vervollständigte das Trio.

Einmal kamen Hermann und Karl an einem Sonntagabend nach ihrem Ausflug in das Restaurant. Es war schon recht spät, sodass sie dort einen Platz fanden. Zur Hauptessenszeit war ja meist alles ausgebucht. Heide zauberte für die beiden Männer noch ein kräftiges Essen, das sie selbst servierte. Dass Karl ihr nicht nur Komplimente machte, sondern auch mit ihr herumschäkerte, war ihr nicht unangenehm. Aber als er dann in die Küche kam, wo sie mittlerweile allein war und aufräumte, machte er ein paar sehr anzügliche Bemerkungen, die sie einfach nicht kannte und mit denen sie nicht umgehen konnte. So hatte noch kein Mann mit ihr geredet. Karl hingegen schien ihre Empörung noch weiter anzuspornen. Als er Heide daraufhin in einer Art berührte, wie es noch niemand zuvor gewagt hatte, erschrak sie dermaßen, dass sie ihm ins Gesicht schlug. Schließlich rannte sie aus der Küche. Sie brauchte in paar Tage, um diesen Zwischenfall zu verarbeiten und nahm sich vor, ihm den erstbesten Gegenstand an den Kopf zu knallen und zu schreien, sollte er es noch einmal wagen, ihr zu nahe zu kommen. Aber es kam nicht mehr so weit. Sie sah ihn zwar noch ein paar Mal von Weitem, aber er kam nicht mehr ins Restaurant oder gar in die Küche.

An einem Samstagnachmittag im September, als Heide sich gerade von dem mittäglichen Trubel erholte, bevor sie mit den Vorbereitungen für das Abendessen beginnen musste, kam Barbara, eines der Zimmermädchen, heulend in die Küche. Barbara war ein anmutiges Mädchen von achtzehn Jahren mit langem braunem Haar und auffallend grünen Augen. Sie war etwas keck, und jeder mochte sie. Sie hatte ihre liebe Mühe, all die Männer auf Distanz zu halten, die mit ihr anbandeln wollten. Mutter Erika war der Meinung, das Mädchen habe einen schlechten Einfluss auf die männlichen Gäste und vermutete gar, dass sie sich vielleicht doch mit dem einen oder anderen einließ. Barbara hatte heute nur vormittags gearbeitet und den Rest des Tages frei. Sie heulte wie ein

Schlosshund, und Heide hatte Schwierigkeiten, aus dem, was sie berichtete, schlau zu werden. Letztendlich verstand sie, dass sie vergewaltigt worden war. Von drei Männern. Sie hatte sich darauf eingelassen, mit dem Trio mitzufahren. Sie kannte sie ja vom Sehen und wusste, dass sie anständig waren. Als sie dann in der Hütte waren, fing es an. Erst ganz harmlos. Und sie hatte auch Spaß daran. Aber dann taten sie Dinge, die sie weder kannte noch je für möglich gehalten hätte. Sie wollte nicht mehr. Aber sie hörten nicht auf, sondern taten es mit Gewalt. Als alles vorbei war, brachte man sie im Auto zurück nach Bad Harzburg und setzte sie im Kalten Tal ab. In ihrer Verzweiflung kam ihr dann die Idee, zu Heide zu gehen, ihr alles zu erzählen und schließlich zu kündigen, weil sie die Männer, denen sie gelegentlich hier im Hotel begegnete, auf keinen Fall mehr sehen wollte. Heide wollte sofort Himmel und Hölle in Bewegung setzen: Arzt, Polizei, die Vergewaltiger dingfest machen. Aber Barbara lehnte vehement ab und sagte, sie könne nicht länger hier arbeiten. Und sie könne auch nicht bei ihrer Mutter kündigen. Sie, Heide, möge das doch bitte für sie erledigen. Nach den Tätern befragt, wiederholte Barbara nur, dass sie sie vom Sehen her kannte. Aber sie lehnte es ab, ihre Namen preiszugeben. Dann verschwand sie. Heide war zutiefst verstört und hörte lange Zeit nichts mehr von Barbara. Als sie ihrer Mutter davon berichtete, zog diese nur eine krause Stirn und meinte, das hätte ja eines Tages so kommen müssen. Heide zermarterte sich den Kopf, wer diese drei Männer sein konnten. Ihr fiel aber niemand ein, der zu so etwas fähig war.

Im Oktober schließlich fiel den Frauen im Hause Harrach auf, dass Hermann sich gar nicht mehr mit Karl und Erich abgab. Wenn er am Wochenende freihatte, verbrachte er viel Zeit mit Silvia. Und eine Woche vor Weihnachten war es so weit: Silvia und Hermann zogen nach Bremen. Der junge Arzt sollte dort seinen Vater in der Praxis unterstützen, um sie dann nach zwei Jahren zu übernehmen. Der Umzug des Paares fiel gar nicht groß auf. Zu Weihnachten würden Hotel und Restaurant bis aufs letzte Bett und auf den letzten Tisch voll besetzt sein. Es gab über alle Maßen viel Arbeit. Heide und auch ihre Mutter waren in ihrem Element. Selbst Rosemarie konnte sich in dieser Situation nicht herausreden. Sie musste in ihrer Freizeit die Rezeption übernehmen.

25

Für Irina lag der Schlüssel der beiden Morde im Jahre 1953. Da gab es drei Freunde, die sich damals öfters in Bad Harzburg trafen, weil sie gemeinsame Interessen hatten. Und sie mussten auch eine Verbindung zu dem Ort gehabt haben. Bei Hermann Jokiel war es seine Frau, und Erich Büttner war dort aufgewachsen. Aber was war mit diesem Karl? Zwei der drei Freunde wurden nun, über sechzig Jahre später, innerhalb kurzer Zeit, in diesem Ort umgebracht. Beide im Kalten Tal. Das konnte kein Zufall sein. Aber wer war der Dritte? Stand noch ein weiterer Mord bevor? Sie musste den Mann namens Karl finden. Was wusste sie über ihn? Er müsste heute Mitte achtzig sein. Er war von hohem Körperbau und hatte in Göttingen Jura studiert. Und er hatte offenbar bestimmte sexuelle Vorlieben gehabt, wie dem Tagebuch zu entnehmen war.

»Ich muss diesen Karl finden«, sagte Irina zu sich selbst. »Selbst wenn er nicht mehr leben sollte, könnte seine Identität helfen, den Fall aufzuklären.«

Als Schneider ins Zimmer kam, fragte er: »Mit wem haben Sie gerade gesprochen?«

»Mit mir selbst.«

»Na, jetzt haben Sie ja mich zum Reden. Ich habe eine Neuigkeit, die interessant sein könnte. Es geht um die Merkel-Maske. Die Kollegen haben herausgefunden, dass diese Dinger in Deutschland nicht hergestellt werden. Es gibt mehrere Produzenten in Fernost. In Deutschland gibt es diverse Großhändler. Insgesamt werden Tausende verkauft. Die meisten allerdings übers Internet. Und jetzt ist es gelungen, herauszufinden, wer in der Region solch eine Maske vom größten

Internetladen bezogen hat.«

»Lassen Sie mich schätzen: fünfhundert.«

»Also, im Großraum Harz sind es siebenundfünfzig.«

»Das Problem ist nur, dass unser Täter nicht aus dem Großraum Harz kommen muss.«

»Sie sagen es. Daher verspreche ich mir auch nicht viel davon. Trotzdem soll sich einer der Kollegen mit dem Thema beschäftigen. Man kann zum Beispiel die Leute, die zur Tatzeit dort geparkt haben, mit den Käufern abgleichen. Und wie weit sind Sie mit der Sichtung der Unterlagen?«

»Ich suche einen Karl, der Mitte achtzig ist und 1953 in Göttingen Jura studiert hat.«

»Ach du meine Güte. Ob die Universität noch Unterlagen aus dieser Zeit hat, wage ich zu bezweifeln. Es sei denn, Ihr Karl hat promoviert. Dann müsste die Dissertation in der Universitätsbibliothek herumstehen. Am besten, Sie suchen alle Jura-Dissertationen aus den fünfziger und sechziger Jahren heraus und nehmen sich dann die Autoren mit dem Vornamen Karl vor. Vielleicht haben Sie Glück. Allerdings muss er ja auch nicht an der Universität Göttingen promoviert haben. Trotzdem wird dort wohl seine Dissertation im Regal stehen.«

»Erfreulicherweise sind Bibliothekare, im Gegensatz zu mir, die ordnungsliebendsten Menschen der Welt. Außerdem sind sie hilfsbereit und geradezu darauf versessen, knifflige Recherchen durchzuführen. Ich rufe gleich mal an und frage, wer mir da helfen kann. Blöd wäre nur, wenn unser Karl nicht promoviert hat.

Ich kann mir nicht vorstellen, dass eine Hochschule die Immatrikulationsunterlagen aus den fünfziger Jahren aufbewahrt hat.«

»Versuchen Sie es einfach, Irina.«

Und sie versuchte es und stieß auf offene Ohren. Als sie der freundlichen Dame von der Bibliothek erklärt hatte, dass sie letztendlich helfen könne, zwei Morde aufzuklären, setzte diese sofort alles daran, der Kommissarin behilflich zu sein. Bereits am nächsten Tag erhielt sie eine Mail mit einer Aufstellung der von 1953 bis 1962 erschienenen Dissertationen. Es hatten in dieser Zeit gerade mal vier Leute mit dem Vornamen Karl in Jura promoviert: Karl Knecht, Karl Josef Hammacher, Karl M. Schubert und Karl Caesar Zicke.

Zicke! Das durfte nicht wahr sein. Könnte es sein, dass ...? Sie ging zu Schneider und legte ihm die Liste vor.

»Es ist gut möglich, dass dieser Zicke der Vater unserer Zicke ist, also der Vater der Oberstaatsanwältin. Ich weiß, dass er Professor für Jura in Göttingen war. Vielleicht hat er ja auch dort studiert und promoviert und ist dann später als Professor wieder an seiner alten Alma Mater gelandet. Das kommt vor. Ich schlage vor, Sie stürzen sich erst einmal auf die drei anderen Karls. Und wenn Sie bei denen keinen Erfolg haben, kümmern Sie sich um Zicke. Das sollte alles möglichst schnell vonstatten gehen, denn möglicherweise schwebt ja der Karl, um den es hier geht, in Lebensgefahr.«

26

Lilly hatte heute einen turbulenten Tag vor sich. Mittags war sie bei Marie und Amadeus eingeladen. Marie hatte heute Geburtstag. Da es abends wegen der kleinen Tochter mit dem Ausgehen ungünstig war, luden sie Verwandte und Freunde zum Mittagessen in ein schönes Restaurant ein. Es war Samstag. Da hatten die meisten Leute Zeit. Gegend Abend sollte sie dann bei Gretel sein. Deren Nachbarn, Frau Harrach und Herr Ehrenberg, hatten zum Essen eingeladen. Sie hatte die beiden neulich kennengelernt, als sie Gretel von der Kur nach Hause gebracht hatte. Die älteren Herrschaften fanden einander auf Anhieb sympathisch.

In dem schönen Restaurant in Goslar waren neben Lilly auch Maries Eltern mit Oma Röschen erschienen. Dazu gesellten sich einige Freunde. Wenn Amadeus in diesem Kreise ein Mensch absolut unsympathisch war, dann Oma Röschen. Die achtundachtzigjährige Dame dominierte ihre Umgebung mit immer neuen Erzählungen, die eigentlich kein Mensch hören wollte. Dabei hatte sie die Angewohnheit, erst zu reden und dann, wenn überhaupt, zu denken. Sie hatte sich zwischen zwei alte Freunde von Amadeus gesetzt und textete sie voll. Eines ihrer Lieblingsthemen war die Blasmusik, die ihre Enkelin Marie und deren Mann angeblich machten. Die beiden hatten sich einst beim gemeinsamen Musizieren kennengelernt. Amadeus spielte Trompete und Marie Saxofon. Sie spielten Jazz. Amadeus hatte die Trompete mittlerweile an den Nagel gehängt, während Marie sich ihr Instrument immer mal wieder vornahm. Oma Röschen saß in Hörweite der beiden, und Amadeus ahnte, was gleich kommen würde. Also flüsterte er zu Marie: »Wenn die Alte es jetzt wieder sagt, ist sie tot.«

»Amadeus, beherrsche dich.«

»Sie ist tot.«

»Amadeus, bitte.«

»Tot.«

Und dann passierte es. Oma Röschen erzählte den beiden Männern: »Marie und Amadeus haben sich ja beim Blasen kennengelernt.«

Die beiden schauten sich entgeistert an, bevor sie in ein heilloses Gelächter ausbrachen. Einer der Freunde haute seine Stirn auf die Tischplatte, weil er gar nicht mehr wusste, wie er seinen Lachkrampf in den Griff kriegen sollte. Der andere sagte zu der Oma: »Normalerweise lernt man sich zuerst kennen, und dann kann man eventuell ...« Der Rest des Satzes verschwand in einem neuen Lachanfall.

»Sie hat es wieder getan. Jetzt ist sie fällig«, sagte Amadeus zu seiner Frau. Als gerade ein Kellner vorbeikam, sagte Amadeus zu diesem: »Bitte bringen Sie der alten Dame dort ein Glas Champagner mit einer doppelten Dosis Zyankali.«

Lilly war ein kommunikativer Mensch. Deshalb freute sie sich, nach dem Geburtstagsessen gleich weiter nach Braunlage fahren zu können. Gretel war zweifellos eine begnadete Köchin, wenn es um Hausmannskost oder gutbürgerliche Küche ging. Heide Harrach erwies sich als Meisterin der gehobenen Küche. Die beiden Freundinnen genossen es, sich von der ehemaligen Küchenchefin eines bekannten Genfer Restaurants verwöhnen zu lassen. Nach dem Dessert machten sie es sich auf der Terrasse mit einem Glas Wein gemütlich. Es war ein richtig schöner Sommerabend. Natürlich kamen sie irgendwann auf das Thema der Morde im Kalten Tal zu sprechen. Dass Heide mit dem zweiten Opfer verwandt und mit dem ersten Getöteten fast verwandt geworden wäre, erschien Lilly ziemlich mysteriös. Nachdem sie ausführlich über ihre und

Gretels Rolle als Augenzeuginnen des ersten Mordes berichtet hatte, kam das Gespräch auf die Vernehmung in Goslar.

»Und stellt euch nur vor, diese Walküre von einer Staatsanwältin hat uns behandelt wie Verbrecher.«

»Ich habe ihr natürlich ein paar Takte erzählt«, ergänzte Gretel. »Dieses Trampeltier soll nicht denken, dass sie so mit uns umgehen kann. Wie hieß sie noch mal, Lilly?«

»Zicke.«

»Richtig, Zicke Dingsbums, irgend so ein bescheuerter Doppelname.«

Jetzt fiel es Heide wie Schuppen von den Augen. Sie starrte erst Gretel und dann Lilly an. Schließlich fragte Adolf Ehrenberg: »Was ist los, Heide?«

»Zicke. Der dritte Mann auf dem Bild heißt Zicke. Karl Caesar Zicke. Als die Kommissarin mich danach fragte, fiel es mir nicht ein. Das ist ja alles eine Ewigkeit her. Aber dank der beiden Damen hier weiß ich es wieder. Ich muss diese Kommissarin anrufen. Sofort.«

Sie ging ins Haus, nahm die Visitenkarte, die sie ans Telefon gelegt hatte, zur Hand und wählte.

Selten hatte sich Irina an einem Samstagabend so über einen dienstlichen Anruf gefreut wie über den von Frau Harrach. Ihr war es gelungen, die drei anderen Karls im Laufe des Tages abzuchecken. Zwei waren inzwischen verstorben, und der Dritte gab an, nie in Bad Harzburg gewesen zu sein. Karl Caesar Zicke, das hatte sie inzwischen herausbekommen, wohnte jetzt in Wernigerode. Aber sie hatte ihn telefonisch nicht erreicht. Jetzt, da sie wusste, dass nur er es sein konnte, der auf dem Foto abgebildet war, versuchte sie es einfach noch einmal. Nach dem dritten Klingeln wurde abgenommen. Es meldete sich eine betont feste Männerstimme: »Zicke hier.«

»Irina Sammet von der Kriminalpolizei Goslar. Guten Abend«

»Was kann ich für Sie tun?«

»Herr Professor, es könnte sein, dass Sie in Gefahr sind. Kannten Sie zwei Männer mit den Namen Ernst Büttner und Hermann Jokiel?«

Fünf Sekunden Schweigen. Dann sagte er: »Das ist eine Ewigkeit her. Was ist mit ihnen?«

»Sie sind auf gewaltsame Weise ums Leben gekommen.«

»Und was hat das mit mir zu tun?«

»Das will ich gerade herausfinden. Können wir uns kurzfristig sehen?«

»Dann müssen Sie schon den Weg nach Wernigerode in Kauf nehmen. Ich fahre nur noch hier in der Stadt herum. Nach Goslar ist es zwar ein Katzensprung, aber für mich zu weit.«

»Kein Problem. Wäre es Ihnen morgen Vormittag recht?«

»Na, wenn die Polizei freiwillig am Sonntag arbeitet, muss es wohl wichtig genug sein. Gut, kommen Sie. Ich erwarte Sie um zehn Uhr.«

»Das ist prima.«

»Und Sie meinen, in der Zwischenzeit kann mir nichts zustoßen?«

»Oh, ich wollte Sie heute Abend nicht mehr bedrängen. Und es war auch nicht meine Absicht, Panik zu machen. Ich könnte natürlich auch sofort kommen, wenn es Ihnen nichts ausmacht.«

»Meine Nachtruhe ist sowieso futsch angesichts Ihrer Botschaft. Dann kommen Sie sofort.«

»Gut, in einer Stunde bin ich da.«

27

Gegen 21.00 Uhr parkte Irina ihr Auto vor der Tür eines älteren Hauses in Wernigerode in der Nähe des Zentrums. Sie betätigte die Türglocke und erschrak. Statt des erwarteten Geläuts war ein lautes Ziegengemecker zu hören. Der Mann hatte Humor. Als die Haustür geöffnet wurde, erschrak sie abermals. Da stand die Oberstaatsanwältin vor ihr und starrte sie von oben herab an. Statt sie zu begrüßen, raunte sie nur: »Was wollen Sie denn hier?«

Geistesgegenwärtig gab sie zur Antwort: »Das würde ich Sie gern fragen.«

»Hm, na dann kommen Sie schon herein. Eigentlich hätte ich mit Schneider gerechnet, als mein Vater mir sagte, die Kripo Goslar wünsche ihn zu sprechen. Worum geht's?«

»Das bespreche ich mit Ihrem Herrn Vater.«

»Nun werden Sie mal nicht affig.«

Dann betraten sie ein großes, altmodisch eingerichtetes Wohnzimmer, dessen eine Hälfte mit schweren altdeutschen Vitrinen, Schränken und einer Sitzgruppe eingerichtet war. Die andere Hälfte beherbergte einen gigantischen Schreibtisch und Regale an den Wänden. Der Tisch war mit Stapeln von Zeitschriften und einem Wust von Blättern bedeckt. Immerhin hatte der alte Herr, der sich jetzt erhob, einen Computer.

»Vater, ich bringe dir Oberkommissarin, äh, wie heißen Sie gleich noch mal?«

»Irina Sammet.«

Professor Zicke war ein Mann von beachtlicher Körpergröße und hatte ziemlich langes weißes Haar. Die Ähnlichkeit mit seiner Tochter war augenfällig. Er reichte ihr die Hand und bot ihr den Besucherstuhl an seinem Schreibtisch an, von dem aus sie in den gepflegten Garten schauen konnte. Seine Tochter setzte sich auf den anderen Stuhl. Der Mann strahlte Autorität aus. Als er sich auf seinen modernen ergonomischen Bürostuhl gesetzt hatte, der partout nicht zur sonstigen Einrichtung passte, fragte er: »Darf ich Ihnen etwas zu trinken anbieten?«

»Ein Glas Wasser, wenn es Ihnen nichts ausmacht.«

Er schaute seine Tochter an und sagte: »Mir auch.«

Missmutig stand Cesarine wieder auf und kam eine halbe Minute später mit einer Flasche Wasser und Gläsern zurück.

»So, Frau Kommissarin, was gibt es nun so Dringendes, dass Sie einen alten Mann am Samstagabend damit behelligen müssen?«

»Herr Professor, zwei Männer, mit denen Sie vor vielen Jahren befreundet waren, nämlich Erich Büttner und Hermann Jokiel, sind vor Kurzem ums Leben gekommen. Erich Büttner wurde ermordet. Ob dies bei Hermann Jokiel auch der Fall war, wissen wir noch nicht.«

Sie holte das Foto heraus, auf dem die drei Männer abgebildet waren, und reichte es dem Professor.

»Ja, das sind die beiden. Ich muss auch noch irgendwo einen Abzug von dem Bild haben. Aber wie kommen Sie darauf, dass man auch mir nach dem Leben trachtet?«

Irina holte aus ihrer Tasche das Tagebuch von Hermann Jokiel hervor.

»Ich würde Ihnen gern etwas vorlesen, was Hermann Jokiel im Jahre 1953 in sein Tagebuch geschrieben hat. Allerdings weiß ich nicht, ob es so angenehm für Sie wäre, wenn Ihre Tochter das hört. Außerdem sind Sie«, und jetzt schaute sie die Oberstaatsanwältin an, »von dem Fall abgezogen. Ich denke, es wäre besser, wenn Sie mich mit Ihrem Vater allein lassen.«

Cesarine riss die Arme hoch wie eine Furie und brüllte: »Was bilden Sie sich eigentlich ein, Sie kleine Polizistenpute!«

Der Professor sah seine Tochter streng an und sagte: »Bist du gefälligst still!«

Aber sie war noch nicht fertig: »Sie werden noch länger das Vergnügen mit mir haben. Wenn Sie sich weiterhin so gebärden, werde ich Ihnen das Leben derart verdrießen, dass Sie sich nach einem anderen Beruf umsehen.«

Der Professor stand kurz vorm Platzen, aber Irina kam ihm zuvor. Ruhig, aber in angemessener Lautstärke sagte sie an Cesarine gerichtet: »Für eine Juristin bewegen Sie sich erstaunlich dumm auf den Tatbestand der Nötigung zu. Entweder Sie lassen mich jetzt mit Ihrem Vater allein oder ich muss ihn bitten, das Gespräch auf der Dienststelle fortzusetzen.«

Professor Zicke sah seine Tochter scharf an und sagte streng: »Cesarine, du wirst jetzt sofort auf dein Zimmer gehen!«

Sie schaute ihren Vater an, als hätte er ihr eine geknallt. Dann sprang sie vom Stuhl auf und verließ, einem Dragoner gleich, das Zimmer und knallte die Tür zu.

Der Professor schaute Irina lächelnd an. »Den Sturkopf hat sie von mir. Ab und zu muss sie mal etwas gestutzt werden. Das mit der Nötigung war genau richtig. Jetzt wird sie sich schwarz ärgern, dass sie sich so blöd benommen hat.«

Irina erwiderte das Lächeln des alten Mannes.

»Schwamm drüber. Ich möchte Ihnen etwas aus dem Tagebuch des Hermann Jokiel vorlesen:

Bad Harzburg, 16. September 1953:
Endlich mal raus aus dieser Tretmühle. Ich bin froh, wenn ich dieses drittklassige Krankenhaus hinter mir lassen kann. Und endlich mal weg von der treu sorgenden Ehefrau, die sich nur noch mit Klamotten beschäftigt und wie sie unser Haus in Bremen ausstatten will. Von Erotik hält sie nicht viel. Und sie lässt sich auch nichts beibringen.

*Aber das Wochenende in Göttingen war wirklich eine Ent-
schädigung. Karl liegt genau auf meiner Spur. Wo er dieses
Mädchen aufgetrieben hat und wie er sie dazu gebracht
hat, das alles zu machen, weiß nur er. Bald mehr davon.
Ob Erich auch so empfindet, weiß ich noch nicht. Wir werden sehen.*

Bad Harzburg, 25. September 1953:
*Diese verfluchten Nachtdienste! Jetzt habe ich erst mal ein
paar Tage frei. Morgen kommt Karl. Erich kommt auch
übers Wochenende von seinen Schwererziehbaren. Ich
habe eine Hütte im Wald organisiert. Alles Weitere wird
sich finden.*

Bad Harzburg, 28. September 1953:
*Scheiße! Scheiße! Scheiße! Was haben wir da getan? Wie
konnte es so weit kommen? Bei jedem Geräusch denke ich,
die Polizei steht vor der Tür. Wenn das herauskommt, ist
alles aus: Beruf, Karriere, Ehe, alles. Ich verfluche mich
selbst! Und Karl, dieses Arschloch! Es ist eine Katastrophe!*

Bad Harzburg, 10. Oktober 1953:
*Offensichtlich wurde die Polizei nicht informiert, sonst
wäre sie schon hier gewesen. Ich mache drei Kreuze.*

Dieser Karl dürften Sie sein. Und ich befürchte, dass das, was
damals geschehen ist, im Zusammenhang mit dem Tod Ihrer
beiden Freunde steht.«

Der Professor schwieg. Eine Minute. Zwei Minuten. Irina hatte den Eindruck, dass er sich in die Zeit zurückversetzte, als
dies geschrieben worden war. Schließlich zog er eine Schubla-
de seines Schreibtisches heraus und entnahm ein Blatt Papier,
entfaltete es und reichte es Irina. Sie las laut vor:

Lieber Karl,

wir haben uns seit einer Ewigkeit nicht gesehen. Aber jetzt ist es notwendig, dass wir uns treffen. Ich würde Dich nicht kontaktieren, wenn es nicht wirklich dringend wäre. Ich bin in Kürze in der Gegend. Bitte richte es so ein, dass wir uns am kommenden Montag sehen können. Ich lasse Dich um 15.30 Uhr von einem Chauffeur abholen. Er wird Dich nach Bad Harzburg bringen.

Viele Grüße

Hermann Jokiel

Der Brief war auf einem Drucker entstanden. Er enthielt keinen Absender. ›Hermann Jokiel‹ war sowohl gedruckt als auch per Hand unterschrieben.

»Wann haben Sie diesen Brief erhalten?«

»Vorgestern.«

»Haben Sie den Umschlag noch?«

»Nein. Da stand ja auch kein Absender drauf. Er kam ganz normal mit der Post.«

»Könnte der Umschlag noch irgendwo sein?«

»Nein. Ich habe ihn ins Altpapier gegeben, und das wurde gestern abgeholt.«

»Hm, also können wir anhand des Stempels nicht herausfinden, in welchem Ort er aufgegeben wurde.«

»So ist es wohl.«

»Hatten Sie vor, sich mit ihm zu treffen?«

»Ja. Wenngleich mir die Sache komisch vorkam. Aber die Neugier war größer.«

»Herr Professor Zicke, dieser Brief stammt mit an Sicherheit grenzender Wahrscheinlichkeit nicht von Hermann Jokiel, sondern von seinem Mörder. Und jetzt klären Sie mich bitte auf, was es mit diesen Tagebucheintragungen von 1953 auf sich hat. Was ist damals geschehen?«

»Warum sollte ich Ihnen sagen, was wir vor über sechzig Jahren in unserer Sturm-und-Drang-Zeit gemacht haben?«

»Weil zwei Menschen gestorben sind und Sie selbst offenbar auch in Lebensgefahr schweben.«

»Ich glaube das alles nicht.«

»Herr Professor, bitte beantworten Sie mir vorab eine Frage: Haben Sie damals jemanden umgebracht?«

»Sind Sie verrückt? Wo denken Sie hin!«

»Gut. Sie als Jurist wissen so gut wie ich, dass alle anderen Straftaten, die Sie möglicherweise begangen haben, verjährt sind. Also geben Sie sich einen Ruck und sagen Sie mir: Was ist damals geschehen?«

Der Professor schaute zur Tür, erhob sich langsam und schlich Richtung Ausgang. Mit einem Ruck öffnete er die Tür, und seine Tochter stand da wie eine Skulptur, die ein Fragezeichen darstellt. Irina fing an zu kichern, während der Professor seinen Daumen nach außen richtete, was bedeuten sollte, dass sie zu verschwinden hätte. Mit einem lauten *Verdammt noch mal* entfernte sie sich Richtung Treppe und er schloss die Tür. Als er sich wieder gesetzt hatte, holte er tief Luft, fuhr sich mit der Hand durch seinen üppigen weißen Haarschopf und erzählte.

»In meiner Jugend habe ich es ganz schön getrieben. Das war ja eine unglaublich prüde Zeit. Wer es vor der Ehe tat, stand mit einem Bein in der Hölle. Ehebruch war strafbar. Als ich 1950 nach Göttingen ging, um zu studieren, fühlte ich mich zum ersten Mal einigermaßen frei. Hier gab es andere Möglichkeiten als in dem kleinen Goslar, wo ich aufgewachsen war und wo einen jeder kannte. Dort habe ich entdeckt, was man alles tun kann, wie man seine Sexualität ausleben kann. Irgendwann lernte ich Hermann Jokiel kennen, einen jungen Arzt, der auf dem Wege war, sich zu verheiraten. Aber eine Ehe und Sexualleben gingen damals in bestimmten Kreisen nicht unbedingt konform. Wir entdeckten, dass unsere diesbezüglichen Ambitionen in die gleiche Richtung gingen. Natürlich drehte sich nicht alles um Sex. Wir sind auch zusammen gewandert, haben zusammen gezecht — was junge Männer halt so tun. Auch Erich Büttner kam irgendwann dazu. Aber er war in sexueller Hinsicht eher gehemmt. Jedenfalls, um nun Ihre Frage zu beantworten, was an dem Tag im September 1953 geschah: Wir haben es mit einer jungen Dame getrieben. Zusammen.«

»Herr Professor, reden wir hier über eine Vergewaltigung?«

»Zuerst haben wir mit dem Mädchen geschäkert. Dann brachten wir sie dazu, es für Geld zu machen, für viel Geld. Zunächst war alles ganz harmlos. Aber als es dann so richtig zur Sache ging, fing sie an, sich zu wehren und zu schreien. Wir konnten aber in dem Moment nicht mehr aufhören. Außerdem hatten wir dafür bezahlt.«

»Sie alle drei?«

»Erich hat sich zurückgehalten. Irgendwie schien es ihm zuwider zu sein. Heute verstehe ich ihn und empfinde genauso.«

»Und wer war das Mädchen? Gab es irgendwelche Folgen?«

»Ich weiß nicht, wer sie war. Hermann meinte, sie würde im Hotel seiner Schwiegermutter arbeiten. Ich habe nie wieder etwas von ihr oder über sie gehört. Außerdem war dieser Tag ein Wendepunkt. Der Kontakt zu Hermann und Erich riss ab. Wir haben uns nicht mehr gesehen.«

Irina war von dem, was der alte Herr ihr erzählt hatte, einigermaßen erschüttert. Natürlich war sie noch ganz andere Dinge gewöhnt. Aber von einem kultivierten Menschen wie dem Professor eine Vergewaltigung geschildert zu bekommen, war schon außergewöhnlich.

»Herr Professor, ich danke Ihnen für Ihre Ehrlichkeit und denke, dass Sie mir geholfen haben. Ich werde mit meinem

Chef die weitere Vorgehensweise besprechen. Wären Sie unter Umständen bereit, den Termin am Montag wahrzunehmen?«

»Sie meinen, das Treffen mit dem mutmaßlichen Mörder? Ich soll also den Lockvogel spielen?«

»Genauso ist es.«

»Im Prinzip ja. Aber ich habe eine Bedingung.«

»Und die wäre?«

»Sie erzählen mir, warum meine Tochter von dem Fall abgezogen wurde.« Bei diesen Worten grinste er übers ganze Gesicht.

»Sie wissen ganz genau, dass ich das nicht darf.«

»Natürlich. Aber ich habe nun mal den Joker in der Hand.«

»Sie sind ein ganz schlimmer Finger, Herr Professor. Ich werde es Ihnen nicht sagen. Erstens ist es gegen die Vorschriften und zweitens würde Ihre Tochter mich ungespitzt in den Boden stampfen, und zwar zu Recht. Trotzdem werde ich mich morgen mit Ihnen in Verbindung setzen und Sie fragen, ob Sie den Lockvogel spielen würden.«

»Diese Schuld, von meiner Tochter in den Boden gestampft zu werden, möchte ich nicht auf mich laden, Frau Irina. Und die Sache mit dem Lockvogel überlege ich mir.«

Sie verabschiedeten sich. Irina war der alte Herr trotz der üblen Geschichte, die er aus seinen jungen Jahren berichtet hatte, sympathisch. *Menschen ändern sich,* dachte sie. Zu Hause rief sie trotz der späten Stunde und obwohl es Samstagabend war, ihren Chef an. Die Zeit drängte. Wenn sie die Sache am Montag hinbekommen wollten, müssten sie am morgigen Sonntag alles genau planen. Schneider war begeistert, was seine Mitarbeiterin geleistet hatte. Am liebsten hätte Irina jetzt auch noch Heide Harrach angerufen, um zu fragen, ob sie wüsste, was aus dieser jungen Hotel-Mitarbeiterin geworden war. Heide Harrach hatte von einer Barbara gesprochen. Vielleicht lebte sie ja noch. Aber das musste bis morgen warten.

Nachdem Irina das Haus des Professors verlassen hatte, stand Cesarine vor ihrem Vater und schaute ihn durchdringend an.

»Was siehst du mich so strafend an, Tochter?«

»Was hast du mit diesem Fall zu tun, Vater?«

»Ich werde es dir erzählen, wenn du mir sagst, warum man dich von dem Fall abgezogen hat? Ohne triftigen Grund nimmt man einer Oberstaatsanwältin keinen Fall weg.«

Die beiden hatten ein längeres Gespräch. Eigentlich wollte Cesarine heute Abend noch nach Braunschweig zurückfahren. Aber was ihr Vater ihr zu berichten hatte, war so prekär, dass sie sich entschied, zu bleiben.

28

Bevor sich Irina mit ihrem Chef und den Kollegen von der Mordkommission im Büro traf, fuhr sie kurz nach dem Frühstück nach Braunlage. Sie musste unbedingt noch einmal mit Heide Harrach sprechen, um mehr über diese Barbara zu erfahren, die damals der Vergewaltigung zum Opfer gefallen war. Also saß sie morgens um halb zehn schon wieder im Wohnzimmer des Hauses Harrach/Ehrenberg.

»Ja, ich erinnere mich sehr gut an Barbara. Der Nachname fällt mir nicht ein. Sie war noch keine zwanzig Jahre alt, sehr hübsch, fröhlich und vielleicht etwas, wie soll ich sagen? Ähm, tja, leichtlebig. Das trifft es vielleicht. Sie wollte ihr Vergnügen haben. Die meisten Mädchen damals waren Männern gegenüber viel ablehnender. Barbara kam an ihrem freien Nachmittag heulend in die Küche. So hatte ich sie noch nie erlebt. Es musste etwas Schlimmes passiert sein. Und dann erzählte sie mir von einer Vergewaltigung durch drei Männer. Aber sie wollte auf gar keinen Fall zur Polizei gehen. Und einen Arzt wollte sie auch nicht. Ich konnte sie verstehen. Denn damals wurden für Vergewaltigungen sowieso immer die Opfer für schuldig befunden.«

»Frau Harrach, wissen Sie, was aus Barbara geworden ist?«

»Lassen Sie mich nachdenken. Vielleicht drei, vier Jahre später bin ich ihr zufällig begegnet. Sie hatte ein Kind, war aber nicht verheiratet, was damals natürlich ein großer Makel war. So vom Alter her könnte dieses Kind tatsächlich durch die Vergewaltigung entstanden sein. Aber das ist nur eine Vermutung. Ich weiß es nicht. Ich erinnere mich nur, dass es ein Junge war. Ein wirklich ganz niedlicher kleiner Junge. Er hieß Joachim. Und dann traf ich Barbara noch einmal, vielleicht zehn Jahre später, als ich mal wieder in Bad Harzburg war. Sie war inzwischen verheiratet und hatte noch ein zweites Kind, diesmal wohl von ihrem Ehemann. Sie war verheiratet mit einem, warten Sie, gleich fällt es mir wieder ein ... äh, mit einem Klose. Also, sie hieß dann Barbara Klose. Aber fragen Sie mich nicht, was aus ihr geworden ist. Danach habe ich nie wieder etwas von ihr gehört oder gesehen. Ich war ja in der Schweiz und bin sonst nie nach Bad Harzburg gekommen. Nur dies eine Mal, weil eine gute Freundin aus Kindertagen gestorben war. Tja, mehr kann ich Ihnen nicht sagen.«

»Das ist schon eine ganze Menge, Frau Harrach. Ich danke Ihnen wirklich sehr, dass Sie mich schon wieder empfangen haben.«

Eine Stunde später saß Irina mit ihrem Chef und drei Kollegen im Besprechungszimmer, um ihr Vorgehen für den morgigen Montag abzustimmen.

Schneider referierte: »Also, Professor Zicke hat eingewilligt, mitzumachen. Einen menschlichen Lockvogel einzusetzen ist für die Polizei immer ein Spiel mit dem Feuer. Wir müssen also alles Erdenkliche tun, um die Gefährdung des mutmaßlichen Opfers so gering wie irgend möglich zu halten. Und dazu gehört auch, dass ich mir eingestehe, dass wir hierzu personell und von unseren Erfahrungen her allein nicht in der Lage sind.«

Vier betretene Gesichter schauten Schneider an. Irina blieb gar der Mund offen stehen. Sie setzte an, etwas zu sagen; Schneider machte aber eine Geste mit seiner Hand, die sie stumm bleiben ließ.

»Ich habe daher heute früh mit dem LKA telefoniert und um Unterstützung gebeten. Dadurch fällt uns kein Zacken aus der Krone.«

In diesem Moment klopfte es an der Tür. Schneider stand

auf, um zu öffnen. Herein kam ein Mann von Anfang sechzig, den er als Kriminalrat Opfermann vorstellte. Er war ein unscheinbarer, mittelgroßer Mann mit kurzem, grau meliertem Haar. Offenbar war er von Schneider schon am Telefon bestens informiert worden, sodass er gleich das Wort ergriff. Seine Stimme hatte für Irina ein sehr angenehmes Timbre. Irgendwie mochte sie diesen Typen, sodass sie sich innerlich schon zur Ordnung rufen musste: *Konzentrier dich auf den Fall. Was willst du denn mit solch einem Oldie?*

Opfermann hatte ein bis ins letzte Detail ausgeklügeltes Konzept, das auch alle Eventualitäten berücksichtigte. Irina sah ein, dass sie dies allein nicht hätten bewerkstelligen können. Morgen früh würden etliche Kollegen aus Hannover kommen, die sie bei der Aktion unterstützen sollten.

Irinas Vorhaben, nach dieser Barbara Klose zu suchen, musste warten. Sie war jetzt so mit den Vorbereitungen auf die morgige Aktion beschäftigt, dass sie sich heute nicht mehr darum würde kümmern können. Wahrscheinlich würde der Fall morgen ohnehin gelöst sein.

Heide Harrach war durch den Besuch der Kommissarin heute Morgen etwas aus dem Gleichgewicht geraten. Die Erinnerung an Barbara, an die sie viele Jahre gar nicht mehr gedacht hatte, löste etwas in ihr aus. Ob sie noch lebte? Und was wohl aus den Kindern geworden war? In einem Impuls von Neugier und Tatendrang nahm sie sich das Telefonbuch vor. Sehr viele Einträge mit dem Namen Klose gab es nicht in der Region. Eine Barbara gab es natürlich nicht. Aber einen Joachim. Und zwar in Bad Harzburg. Ob das vielleicht der Sohn war, den sie 1954 bekommen hatte? Wenn sie ihn nicht anrief, würde sie es nicht erfahren. Also wählte sie die Nummer.

»Mein Name ist Heide Harrach. Ich weiß nicht, ob ich bei Ihnen richtig bin. Ich bin auf der Suche nach einer Barbara Klose.«

Der Mann am anderen Ende der Leitung war offenbar etwas perplex und antwortete nach einer kurzen Pause: »Das war meine Mutter. Sie ist vor einem halben Jahr gestorben.«

»Oh, das tut mir leid. Entschuldigen Sie, wenn ich Sie einfach so ausfrage. Sind sie 1954 geboren?«

»Ja. Sie kannten meine Mutter also?«

»Als wir beide jung waren, hat sie in dem Hotel in Bad Harzburg gearbeitet, das meiner Mutter gehörte.«

»Äh, wie war noch mal Ihr Name?«

»Heide Harrach.«

»Dann weiß ich, wer Sie sind. Lange Zeit hat meine Mutter nichts aus ihrer Vergangenheit erzählt. Aber gegen Ende ihres Lebens war es, als sei ein Damm gebrochen. Plötzlich hat sie alles herausgekramt, was sie erlebt hat. Vor allem das Schlimme. Aber was sie über Sie erzählt hat, hat sie getröstet.«

»Das ist ja interessant. Sagen Sie, hätten Sie etwas dagegen, wenn wir uns mal treffen?«

»Ganz und gar nicht. Ich würde mich freuen. Hätten Sie vielleicht sogar heute Zeit?«

»Ja, ich bin eine alte Frau, die nichts vorhat und vor allem keine Zeit, etwas zu verschieben.«

Sie verabredeten sich für diesen Nachmittag in der Wohnung von Joachim Klose in Bad Harzburg.

Heide parkte ihren alten Golf vor einem netten Mehrfamilienhaus im Ortsteil Westerode. Als die Haustür geöffnet wurde, stand ihr ein sympathischer Mann von Anfang sechzig gegenüber. Heide sah auf den ersten Blick, dass dies Barbaras Sohn war. Er hatte diese unverkennbar grünen Augen, die sie bisher nur bei dieser Frau gesehen hatte. Mit seinen kurz geschnittenen grauen Haaren und dem Lächeln, das sich über sein Gesicht zog, sah er auf Anhieb sympathisch aus. Sie wurde in das kleine, geschmackvoll eingerichtete Wohnzimmer gebeten. Das Angebot, einen Cappuccino mitzutrinken, nahm sie gern an. Dann kamen sie ins Gespräch.

Joachim erzählte: »In diesem Haus haben meine Mutter

und ich die letzten zehn Jahre zusammengelebt, nachdem mein jüngerer Bruder das Haus meines verstorbenen Stiefvaters übernommen hatte. Ich bin ja nicht verheiratet. Da es meiner Mutter in den letzten zehn Jahren nicht besonders gut ging, konnte ich mich so am besten um sie kümmern. Mein jüngerer Bruder kam nur ab und zu. Er ist Finanzmakler hier in der Stadt. Es ist ihm, im Gegensatz zu mir, gelungen, sich mehr abzunabeln und ein eigenes Leben zu führen.«

»Ist es ihrer Mutter denn insgesamt gut ergangen?«

»Ich denke schon. Mit meinem Stiefvater führte sie eine harmonische Ehe. Leider starb er schon vor über zwanzig Jahren. Und mit uns beiden Jungs ist sie immer gut zurechtgekommen. Vor etwa zehn Jahren wurde sie kränklich, und das nicht nur körperlich. Früher hätte man wohl gesagt, dass sie melancholisch wurde. Aber für mich sah das eher aus wie ein Trauma. Ich habe sie zum Psychiater geschleppt, obwohl sie partout nicht wollte, aber der konnte auch nicht helfen. Er meinte, sie solle zum Psychologen gehen, um das, was ihr auf der Seele drückte, mühevoll herauszuarbeiten. Aber da hat sie nicht mitgemacht. Ich habe lange Gespräche mit ihr geführt, und nach und nach hat sie dann aus ihren jungen Jahren erzählt.«

»Hat sie auch gesagt, dass sie vergewaltigt wurde?«

»Ja. Und sie hat mir auch gesagt, dass Sie die Einzige waren, der sie sich danach anvertraut hat. Danach hat sie offenbar die ganze Geschichte über Jahrzehnte verdrängt. Sie war ein lebenslustiger Mensch.«

»Joachim, es ist mir wirklich peinlich, Sie das zu fragen, aber wissen Sie wer Ihr Vater ist?«

»Ja, es ist einer der Männer, von denen sie vergewaltigt wurde. Es braucht Ihnen im Übrigen nicht peinlich zu sein.«

»Haben Sie diese Männer oder einen von ihnen mal kennengelernt?«

»Nein, darauf habe ich keinen Wert gelegt.«

Nach einer Pause erzählte er weiter: »Sie kennen die Vergewaltiger meiner Mutter.« Sie schaute ihn verblüfft an, und er sagte ihr drei Namen. Heide fiel aus allen Wolken. Bei Karl hätte sie es sich ja noch vorstellen können — aber Hermann und Erich? Es herrschte für einige Minuten Stille im Raum. Der Schock über das, was ihr gerade offenbart worden war, hatte Heide tief im Griff. Erst nach einer gefühlten Ewigkeit entwickelte sich wieder ein sehr ernsthaftes und bewegendes Gespräch. Für Heide war es ganz offensichtlich, dass Joachim jahrelang unter dem Zustand seiner Mutter gelitten hatte. Während seiner Kindheit muss sie wohl noch die Frohnatur gewesen sein, die sie in Erinnerung hatte. Erst viel später offenbarte sie ihre Leidensgeschichte, die Joachim mit durchlebte. Das muss für ihn ein seelisches Kontrastprogramm gewesen sein. Geradezu hasserfüllt berichtete er, mit welcher Kaltschnäuzigkeit und Menschenverachtung seine Mutter als junge Frau von diesen Männern misshandelt worden war. Offenbar hatte es nicht das geringste Schuldbewusstsein gegeben.

Am Ende brachte Heide das Gespräch auf die fröhlichen Zeiten, die sie mit Barbara hatte. Sie erzählten sich die heiteren Episoden, sodass der Besuch dann in einer gelösten Stimmung endete. Heide war froh, Joachim kennengelernt zu haben. Froh vor allem für Barbara, dass sie solch einen tollen Sohn hatte.

29

Ein Jahr, nachdem Silvia nach Bremen gezogen war, hatte auch Rosemarie endlich ihren Traumprinzen gefunden. Sie heiratete einen Unternehmersohn aus Goslar und zog zu ihm in die Nachbarstadt. Nun war Heide mit ihrer Mutter allein. Da die beiden älteren Töchter gut versorgt waren, sollte Heide das Hotel erben. Erika hatte — wie immer — alles genau geplant und ließ einen Erbschaftsvertrag aufsetzen. Im Falle ihres Todes bekam Heide das Hotel, und die Schwestern sollten von dieser nur einen relativ kleinen Betrag erhalten, wenn es ihr wirtschaftlich möglich war. Die vier Frauen unterschrieben den Vertrag an Heides einundzwanzigstem Geburtstag. Ein paar Wochen später starb die Mutter ganz unverhofft. Heide richtete noch die Trauerfeier aus, dann schloss sie das Hotel. Wenig später konnte sie es an einen Konkurrenten verkaufen. Sie ließ die Schwestern über einen Notar vom Verkauf des Hotels informieren und ihnen Schecks über die vertraglich vereinbarte Summe zukommen. Dann packte sie ihre Koffer und reiste in die Schweiz.

30

»Ob der Täter wirklich so dämlich ist, sein nächstes Opfer wieder vom Baumwipfelpfad stürzen zu wollen?«, fragte Irina. Sie saß mit ihrem Chef und Kriminalrat Opfermann zusammen, um den Einsatz zu koordinieren.

»Wir müssen auf jeden Fall damit rechnen«, meinte Opfermann. »Unsere Leute müssen auf dem Pfad sein und davor. Zwei Fahrzeuge werden den Professor und seinen Chauffeur unauffällig von Bad Harzburg aus begleiten. Ein Mitarbeiter mit guter Ortskenntnis wird von hier aus per GPS verfolgen, wo sich die Fahrzeuge befinden. Auch Professor Zicke hat einen Sender bei sich. Ich bleibe ebenfalls hier und koordiniere den Einsatz. Ich halte telefonischen Kontakt zu den Fahrzeugen und zu den einzelnen Leuten. Außerdem müssen die Kollegen von der Bereitschaftspolizei instruiert werden, um jederzeit eingreifen zu können, falls etwas Unvorhergesehenes passiert. Insgesamt sind an die fünfzig Leute involviert. Nicht auszudenken, wenn dem Mann etwas passiert.«

»Hoffentlich kommt die Tochter des Professors, die Oberstaatsanwältin, nicht auf die Idee, sich einzumischen und die ganze Aktion kaputtzumachen«, sagte Irina.

»Keine Angst«, antwortete Opfermann, »ich war ja heute Morgen schon beim Professor, um ihn zu instruieren und zu verwanzen. Und natürlich meinte die Zicke, dass sie da mitmischen müsse. Ich habe ihr gesagt, dass ich sie verhaften lasse, wenn sie uns in die Quere kommt. Sie hat mir dann zwar angedroht, was sie alles mit mir machen wird, wenn das hier vorbei ist, aber als ich ihr ganz souverän sagte, sie kann mich mal am Arsch lecken, hat sie schließlich eingesehen, dass sie mich nicht beeindrucken kann.«

Irina lachte jetzt laut los und Schneider grinste in sich hinein.

Heide hatte eine schlaflose Nacht. Immer wieder musste sie an Joachim denken. Selten hatte sie einen erwachsenen Mann gesehen, der unter dem, was der Mutter geschehen war, so litt. Aber da war auch noch etwas anderes in seinem Blick und in seinem Tonfall gewesen: Hass. Ein fürchterlicher Verdacht kam in ihr auf. Als sie am nächsten Morgen Lilly im Garten traf, die nebenan bei ihrer Freundin Gretel übernachtet hatte, unterhielt sie sich mit ihr.

»Ich denke, ich fahre heute noch mal nach Bad Harzburg. Ich würde mir gern mal den Baumwipfelpfad anschauen.«

»Es ist wirklich unglaublich schön da«, sagte Lilly. »Allerdings sitzt mir mein letzter Besuch dort noch in den Knochen. Ich sage nur *Merkel*.«

»Wenn ich ehrlich bin, ist genau das der Grund. Ich will sehen, wo das passiert ist. Ich werde das Gefühl nicht los, dass ich den, der sich unter der Maske verborgen hat, kenne.«

»Na, jetzt machst du mich aber neugierig. Nun erzähl schon.«

Heide war zwar alles andere als geschwätzig. Aber sie war froh, jemandem erzählen zu können, was ihr in der Nacht den Schlaf geraubt hatte. In Lilly hatte sie nicht nur eine gute Zuhörerin gefunden, sondern einen Menschen mit Herz und Verstand. Sie erzählte ihr die ganze Geschichte. Das, was Barbara in jungen Jahren passiert war und wie sie als alte Frau darunter gelitten hatte — und ihr Sohn mit ihr. Sie nannte die drei Männer, die ihr das angetan und von denen bereits zwei innerhalb kürzester Zeit einen gewaltsamen Tod erlitten hatten. Und sie äußerte die Vermutung, dass Barbaras Sohn dafür verantwortlich war.

»Tja, und nun befürchte ich natürlich, dass der dritte Mann auch noch sterben wird. Nach Joachims Aussage war er der Schlimmste, und er soll wohl auch sein Erzeuger sein.«

»Ach, was ist das für eine spannende Geschichte. Und ich dachte schon, dass immer nur mir solche Sachen widerfahren. Also, wenn du möchtest, können wir gern zusammen dorthin fahren. Gretel hat bestimmt keine Lust, mit ihren Krücken schon wieder da herumzuhumpeln.«

»Adolf ist auch nicht so gut zu Fuß. Ich habe ihn auch nicht ins Vertrauen gezogen. Ich glaube, er würde mich überreden, die Polizei über mein Wissen oder meine Ahnungen zu informieren«, sagte Heide.

»Das fände ich nicht gut. Erstens weißt du gar nicht, ob dieser Joachim wirklich der Täter ist, und zweitens sollte man den Dingen manchmal ihren Lauf lassen. Ich bin zwar nicht für Selbstjustiz, aber es wäre schon eine Ironie des Schicksals, wenn alle drei bösen Buben für ihre Missetaten doch noch die Quittung bekämen. Ein Gericht kann ihnen ja nichts mehr anhaben.«

Die beiden Frauen machten sich gegen 15.00 Uhr auf den Weg nach Bad Harzburg. Der Parkplatz zwischen Baumwipfelpfad und Kurpark war nicht sehr voll. Es sah nach Gewitter aus.

Hauptkommissar Schneider saß in seinem Wagen auf dem Parkplatz und traute seinen Augen nicht. Das war doch Fräulein Höschen, die da aus ihrem weißen Passat stieg. Und sie hatte eine andere alte Dame dabei: Heide Harrach. Das durfte einfach nicht wahr sein. Konnte es denn nicht ein einziges Mal einen schwerwiegenden Fall geben, wo dieses Frauenzimmer nicht in irgendeiner Weise mit drinsteckte? Er mochte sie durchaus, fühlte sich aber allmählich von ihr verfolgt. Am Liebsten wäre er ausgestiegen und hätte gefragt, was sie schon wieder hier wolle. Er informierte einen Kollegen, der sich auf dem Pfad befand: »Da begeben sich jetzt zwei alte Damen in Richtung Eingang. Behaltet sie im Auge.«

Laut Wettervorhersage war mit Gewitter und Sturmböen zu rechnen. Deshalb war heute nicht viel los. Über den gesamten Baumwipfelpfad waren Polizisten in Zivil verteilt. Ein paar Minuten, nachdem die beiden alten Frauen sich auf den Weg gemacht hatten, hielt ein Taxi auf dem Parkplatz, dem Professor Zicke entstieg. Auch er marschierte zum Eingang. Der Taxifahrer wurde gebeten, in ein Zivilfahrzeug der Polizei einzusteigen und Fragen zu beantworten.

Als Lilly und Heide die Geologie-Plattform erreichten, saß dort ein Mann und schaute versonnen in den Wald. Heide kannte ihn.

»Nanu, Joachim.«

»Oh, Frau Harrach, so schnell sieht man sich wieder.«

Heide stellte die beiden einander vor, und sie setzten sich ebenfalls mit auf die Bank. Kurz danach kam ein gut gekleideter alter Herr an ihnen vorbei, und Heide merkte, wie Joachim neben ihr unruhig wurde. Der Mann stand jetzt am Geländer und schaute in die Tiefe. Aus einem inneren Impuls heraus fragte Heide an Joachim gerichtet: »Ist er das?«

»Ja.«

»Ganz ruhig, Joachim. Tun Sie nichts Unüberlegtes. Am Ende siegt die Gerechtigkeit.«

Sie wusste selbst nicht, warum sie so pathetisch redete. Aber sie empfand es in diesem Moment einfach so. Und irgendwie hatte sie Mitleid mit dem Mann, der um seine Mutter trauerte. Er sollte sich den Rest seines eigenen Lebens nicht zerstören, weil er meinte, er müsse Rache nehmen. Sie legte ihre Hand auf die von Joachim, der neben und hinter sich herumsuchte und sagte: »Mein Rucksack ist weg.«

»Taschendiebe. War denn etwas Wichtiges drin?«, fragte Lilly.

»Nein, eigentlich nicht, Geld und Papiere habe ich zum Glück in meiner Jacke.«

Am Ausgang des Baumwipfelpfades wurden alle Besucher von der Polizei in Augenschein genommen und zum Teil befragt und kontrolliert. Es waren ja nicht sehr viele heute. Ein junger Mann wurde gebeten, seinen Rucksack zu öffnen und auszupacken. Die Beamtin staunte nicht schlecht, als da eine Angela-Merkel-Maske zum Vorschein kam. Der Mann wurde festgenommen und zur Polizeistation gefahren. Schneider teilte Kriminalrat Opfermann telefonisch mit, dass der Täter vermutlich gefasst und auf dem Weg zu ihm sei. Dass es heute nicht zu einem Mordversuch gekommen sei, läge wahrscheinlich daran, dass sich in der Umgebung des Professors zu viele Menschen befanden: mehrere Polizisten in Zivil, zwei alte Damen und ein Mann von Anfang sechzig.

»Gut, Herr Schneider. Ich nehme den mutmaßlichen Täter hier in Empfang. Vielleicht gehen Sie noch einmal auf den Pfad und sehen nach dem Rechten. Den Professor können Sie dann ja im Prinzip auch nach Hause bringen lassen.«

»So machen wir es.«

Schneider stieg aus seinem Wagen. Zu seiner großen Verwunderung sah er, wie die Oberstaatsanwältin ihr Auto parkte und ausstieg.

»Nanu, Frau Dr. Zicke-Sandelholz, hatte der Kriminalrat Ihnen nicht gesagt, dass Sie sich nicht einmischen sollen?«

»Ach, Schneider, halten Sie doch einfach die Klappe. Was glauben Sie, wer Sie sind, dass Sie mir Vorschriften machen könnten?«

Der gutmütige Hauptkommissar sah ihr diese Frechheit nach und sagte: »Der mutmaßliche Täter ist auf dem Weg zur Dienststelle. Er hatte eine Merkel-Maske bei sich. Es kam nicht zu einem Angriff auf Ihren Vater.«

»Na, wenigstens etwas. Dann hole ich jetzt meinen alten Herrn ab und bringe ihn nach Hause.« Schneider hatte nichts dagegen.

Joachim war inzwischen bewusst, dass er angesichts der Leute um ihn herum nichts ausrichten konnte. Seine Tarnung, die zweimal so gut funktioniert hatte, war dahin. Außerdem war ihm mittlerweile auch viel leichter ums Herz. Wahrscheinlich lag es daran, dass er sich dieser gutmütigen alten Frau, die einst eine Freundin seiner Mutter gewesen war, anvertraut hatte. Er wollte jetzt nach Hause. Also verabschiedete er sich von den Damen. Dieser verfluchte alte Mann, der wahrscheinlich sein Erzeuger war, tat ihm nur noch leid. Sollte er doch zur Hölle fahren — auch ohne seine Hilfe. Als Joachim gegangen war, drehte sich der alte Mann am Geländer um. Es war alles so lange her, dass Heide in ihm nicht den brutalen Kerl erkannte, der sie in ihrer Jugend sexuell bedrängt hatte. Trotzdem konnte sie nicht widerstehen, ihn anzusprechen: »Karl Caesar Zicke, du hast dich verändert.«

Völlig perplex kam er auf Heide zu und fragte: »Kennen wir uns?«

»Wir kannten uns vor langer Zeit. Ich war die Köchin in dem Hotel, wo du öfters mit deinen Freunden zusammen warst. Die kleine Köchin, der du an die Wäsche gehen wolltest.«

»Wie bitte?«

Lilly erhob sich jetzt und ging ganz langsam in Richtung Ausgang. Als sie sich noch einmal umdrehte, sagte sie: »Heide, ich schlender schon mal langsam zurück und trinke dann am Kiosk einen Kaffee. Lass dir ruhig Zeit.«

Der Professor setzte sich jetzt neben Heide und sagte schroff: »Was soll das eigentlich? Ich werde von einem Mörder bedroht, und dann treffe ich auf ein altes Weib, das mir sagt, ich sei ihm an die Wäsche gegangen? Wenn du wüsstest, wie viele Mädchen ich in meiner Jugend beglückt habe, ha! Dazu sind sie doch da. Sie wollen es doch.«

»Barbara, die du in einer Hütte im Wald vergewaltigt hast, wollte es nicht.«

»Barbara? Ich kenne keine Barbara. Jedenfalls habe ich

nicht Buch geführt über all die Schlampen.«

»Die Schlampe, wie du sie nennst, hat ein Leben lang darunter gelitten. Und sie hat ein Kind von dir bekommen.«

»Das ist doch nicht meine Schuld. Dann sollen diese Flittchen doch aufpassen. Was habe ich mit all den Kindern zu tun, die sie sich andrehen lassen?«

Es wurde laut zwischen den beiden. Mittlerweile hatte der Professor auch realisiert, um welche Barbara es sich handelte. Er war zusammen mit den beiden anderen in der Hütte im Wald gewesen, und das Mädchen fing an, sich zu sträuben, als es nicht mehr möglich war, aufzuhören.

Das Handy der Polizeibeamtin, die sich in der Nähe dieses seltsamen, streitenden Paares befand, läutete. Es war Schneider, der sagte, die Aktion sei beendet. Ein Stück entfernt kam die Oberstaatsanwältin angestürmt wie eine Dampflokomotive aus der Kaiserzeit. Als sie Lilly sah, die sich mittlerweile etwa fünfzig Meter von Heide und dem Professor entfernt hatte, blieb sie abrupt stehen und fragte: »Was machen Sie denn hier?«

»Ich zähle die Bäume.«

»Pfff, ich glaube, im Harz gibt es nur Verrückte.«

Dann ging sie weiter, während Lilly aus ihrer Jackentasche ihr Handy zückte und den Film abspielte, den sie neulich vom Balkon im Hotel aus aufgenommen hatte. Plötzlich war der Wald erfüllt von Wagners Walküre, vermischt mit dem wollüstigen Liebesgeschrei der Cesarine Zicke-Sandelholz. Diese drehte sich, völlig perplex, noch einmal zu Lilly um und traute ihren Ohren nicht. Aber das Bedürfnis, zu ihrem Vater zu gelangen, der sich gerade mit einer anderen alten Frau lautstark auseinandersetzte, war größer, als dieses schreckliche alte Weib zur Rede zu stellen. Nun ging die Polizistin auf den Professor zu und unterbrach den Disput, den er mit der alten Dame führte.

»Entschuldigung, Herr Professor. Die Aktion ist beendet.

Der mutmaßliche Täter ist festgenommen. Ich bringe Sie jetzt nach Hause.«

Ganz erstaunt von der Anwesenheit der Beamtin, sagte er: »Ich fahre nach Hause, wann es mir passt. Verschwinden Sie.« Und an Heide gewandt brüllte er: »Lass mich gefälligst in Ruhe mit deinem armseligen Gesäusel. Mein Leben lang gehen mir diese blöden Weiber auf den Geist und zerren an mir herum. Erst meine Mutter, dann all diese dummen Puten, die meinten, sie müssten geheiratet werden, nur weil man einmal seinen Spaß mit ihnen hatte. Dann meine Frau, die dachte, ich sei ihr Eigentum. Dann all die Huren, die für jede Kleinigkeit extra bezahlt werden wollen. Und zu guter Letzt auch noch meine Tochter, die denkt, ich sein ein geschlechtsloses Wesen.«

Die letzten Sätze hatte Cesarine gehört. Sie verstand partout nicht, was hier los war. Sie ging auf ihren Vater zu und sagte mit ihrer schrillen Stimme: »Was erzählst du da für einen Schwachsinn?«

Erst jetzt nahm er die Gegenwart seiner Tochter wahr und schrie sie an: »Was willst du denn schon wieder hier? Kann ich nicht mal einen Furz lassen ohne dich? Überall steckst du deine lange Nase rein. Ich will endlich meine Ruhe vor dir haben. Such dir einen Mann, der es dir besorgt, wandere nach Australien aus oder werde von mir aus Königin von Saba, aber lass gefälligst deinen armen alten Vater in Ruhe! Ich kann deine fürchterliche Stimme nicht mehr ertragen. Sie geht mir durch Mark und Bein. Das ist die reinste Folter.«

Nun konnte sie nicht mehr an sich halten: »Du ekliger alter Mistkerl! Als Mutter noch lebte, musste sie all deine Eskapaden ertragen. Alles, was nicht bis drei auf den Bäumen war, hast du gevögelt. Aber nach außen immer den schönen Schein wahren. Was für eine tolle Familie du hast. Ich war nur das gute Kind, wenn ich Höchstleistungen gebracht habe, damit du mit mir angeben konntest. Deinem Sohn hast du in den Hintern getreten, weil er dieses beschissene Examen nicht geschafft hat.«

Jetzt wandte sie sich an Heide: »Und was wollen Sie von meinem Vater?«

Erstaunt, plötzlich diese monströs wirkende Frau vor sich zu haben, sagte sie: »Ich habe Ihren Vater darüber informiert, was er mit seinem Verhalten angerichtet hat. Unter anderem hat er ein junges Mädchen durch eine grausame Vergewaltigung zerstört. Und dabei ist ein Kind entstanden. Sie haben einen Bruder.«

Nach ein paar Sekunden der Sprachlosigkeit, in denen sie abwechselnd Heide und ihren Vater ansah, donnerte sie los: »Pffff, das sieht dir ähnlich. Der geniale Herr Professor, der anderen etwas über Ethik, Recht und Gerechtigkeit predigt, setzt sich selbst über jedes Recht hinweg. Man hätte dich beizeiten kastrieren sollen.«

Der Professor stand auf und ging in Richtung Geländer. Er drehte sich noch einmal um und sagte: »Mein Fehler war, dass ich dich gezeugt habe. Der größte Fehler meines Lebens war, mit deiner Mutter Kinder in die Welt zu setzen.«

Dann stützte er sich auf das Geländer und schaute in die Tiefe. Inzwischen waren drei Polizisten in Zivil in der Nähe und folgten der Auseinandersetzung. Auch Lilly kam, angelockt von dem Gebrüll, zurück. Für ein paar Sekunden herrschte absolute Stille. Sogar die Vögel hatten aufgehört zu zwitschern. Dann war ein Donnergrollen zu hören. Urplötzlich sprang Cesarine auf und rannte schreiend auf ihren Vater zu, der es in dieser Sekunde nicht schaffte, sich umzudrehen. Sie packte ihn an den Beinen, und im Nu lag er mit dem Bauch auf dem Geländer. Er hatte Todesangst. Fast zeitgleich sprangen die drei Polizisten los, zwei hielten den Professor an den Beinen, einer riss die Oberstaatsanwältin nach hinten. Der Professor war sehr groß und schwer, die Polizisten hatten Mühe, ihn zu halten. Er ruderte mit den Armen. Cesarine riss sich von der Polizistin los und zog ebenfalls am Fuß des Vaters. Sie war offenbar zur Besinnung gekommen. Plötzlich hatte sie nur noch den Schuh ihres Vater in den Händen. Der

Mann entglitt den Polizisten, die krampfhaft versucht hatten, ihn zu halten. Dann fiel er. Es war kein Schrei zu hören. Er war einfach weg. Cesarine sprang ans Geländer und rief in die Tiefe: »Das hast du absichtlich gemacht, du verdammter Hurenbock, nur damit ich ein schlechtes Gewissen habe.«

Eine halbe Stunde später saßen Lilly und Heide in einem Café am Kurpark. Inzwischen hatte das Gewitter begonnen. Die beiden alten Damen hatten schon so manches erlebt. Aber dieses Schauspiel auf dem Baumwipfelpfad war wirklich ein Höhepunkt gewesen. Als sie mit weichen Knien zurück zum Eingang kamen, hatte Irina sie in Empfang genommen. Sie begleitete die Frauen zu dem Café und sagte, sie mögen sich doch erst mal etwas ausruhen. Sie würde sie später abholen lassen, damit sie ihre Aussage auf der Dienststelle machen könnten.

Cesarine Zicke-Sandelholz hatte einen Nervenzusammenbruch und musste in der Klinik ruhiggestellt werden. Dem jungen Mann, der mit der Angela-Merkel-Maske erwischt worden war, konnte nichts nachgewiesen werden. Nachdem auch Lilly und Heide ausgesagt hatten, den Mann nicht gesehen zu haben oder etwas über den Rucksack zu wissen, ließ man ihn wieder gehen. Wem der gestohlene Rucksack gehörte, ließ sich nicht herausfinden.

Der Mord an dem ersten Opfer blieb ungelöst. Ob es sich beim zweiten Opfer überhaupt um ein Verbrechen handelte, wusste niemand. Fest stand lediglich, dass der Tod des Professors durch seine Tochter verursacht worden war. In den Augen des hiermit beauftragten Staatsanwalts war es auf keinen Fall Mord, sondern — wenn überhaupt — Totschlag. Dagegen sprach aber wiederum, dass die Tochter versucht hatte, ihren Vater zu retten, was aber angesichts des sich lösenden Schuhs nicht gelungen war. Vielleicht Körperverletzung mit Todesfolge? Hinzu kam die

Frage, ob Cesarine zum Tatzeitpunkt überhaupt zurechnungsfähig war. Dieser Fall hatte genug Potenzial, um die verschiedenen Instanzen der Gerichtsbarkeit auf lange Sicht zu beschäftigen.

Staatsanwältin Hökenschnieder, die mit den beiden ersten Todesfällen betraut war, reiste an und ließ sich über den Stand der Dinge informieren. Mit dem Tod von Professor Zicke hatte sie nichts zu tun. Der wurde angesichts der markanten Täterin eine Etage höher angesiedelt. Nichtsdestotrotz ließ sie sich in allen Einzelheiten über den Vorgang berichten. Als sie die Aussagen las, was sich auf dem Baumwipfelpfad zugetragen hatte, erfüllte ein animalisches Dauergelächter das Zimmer des Hauptkommissars, das bis über die Flure drang und etliche Mitarbeiter anlockte, sich vor Schneiders Büro zu versammeln. Ein Mitarbeiter war dafür, den Notarzt zu rufen, aber Irina wiegelte ab: »Das ist völlig normal bei dieser Frau.«

Natürlich liefen die Medien nach den Ereignissen im Kalten Tal heiß. Ein paar Wochen später hatte sich alles wieder beruhigt. Dem Besuch des Baumwipfelpfades hatte die Publicity nicht geschadet. Im Gegenteil: Es kamen nicht nur Leute, die sich für das Phänomen, den Wald aus der Höhe zu betrachten, interessierten. Etliche Besucher reisten allein des Schauergefühls wegen nach Bad Harzburg, das sich angesichts dessen, was hier passiert war, einstellte.

31

An einem schönen Sommernachmittag saßen Lilly, Gretel und Heide in ihrem Garten in Braunlage, während Adolf in der Küche Kaffee kochte und Kuchen schnitt.

»Ach, was bin ich froh, dass ich bei der Polizei nichts über Joachim erzählt habe. Der arme Junge hat genug durchgemacht«, sagte Heide.

»Da bin ich ganz deiner Meinung. Ich hätte mich genauso verhalten«, bestätigte Lilly. »Manchmal regeln sich die Dinge von selbst. Es gibt drei böse Buben weniger auf der Welt. Und die Oberstaatsanwältin wird wohl mit einer milden Strafe davonkommen. Wahrscheinlich hat sie auch unter ihrem Vater gelitten, um so zu werden. Wenn sie nicht mehr als Juristin arbeiten kann, dann hat sie immer noch die Möglichkeit, in Wagneropern aufzutreten.«

Die drei alten Damen fingen an zu lachen. Als Lilly dann auch noch ihr Handy herausholte und den Film abspielte, in dem Cesarine Zicke-Sandelholz die Walküre mit ihrem Liebesgeschrei untermalt, war es ganz vorbei. Die drei Frauen schüttelten sich vor Lachen. Plötzlich ein fürchterliches Gescheppter. Adolf, der die Damen mit Kaffee und Kuchen bedienen wollte, hatte angesichts dieses Bildes das Tablett mit dem Geschirr fallen lassen und sagte ganz ungläubig: »Seid ihr drei alten Weiber jetzt völlig durchgedreht?«

NACHWORT

Vor einem Jahr wurde ich eingeladen, auf dem gerade errichteten Baumwipfelpfad in Bad Harzburg aus meinen Krimis zu lesen. Trotz meiner Höhenangst war ich sofort fasziniert. Als Harzer Kind geradezu im Wald aufgewachsen, war es etwas ganz Besonderes, dieses herrliche Stück Natur einmal aus einer ganz anderen Perspektive zu sehen. Für mich stand sofort fest, dass eines meiner nächsten Bücher hier spielen musste. Das Kalte Tal mit seinen besonderen klimatischen Gegebenheiten hat an sich schon etwas Mystisches. Wenn man sich aber durch die Wipfel der Bäume bewegen kann, ist das noch mal eine andere Dimension.

Ich danke Eva-Christin Ronkainen und Holger Kolb von der Leitung des Baumwipfelpfades Harz für die Unterstützung. Ich beneide sie, dass sie in dieser Umgebung arbeiten dürfen.

Über den Autor

Viele der Krimis des gebürtigen Lautenthalers Helmut Exner (Jahrgang 1953) spielen im Harz und bedienen sich der derben Sprache der Region und skurriler Charaktere. Lilly Höschen, das alte Fräulein, ist dabei zur beliebten Serienfigur geworden. Es ist die Mischung von Spannung, Wortwitz und dem Hang zum Schrägen, die die Originalität dieser Bücher ausmacht und sein Schreiben charakterisiert.

Der Autor ist im Internet erreichbar unter:

facebook.com/HelmutExnerAutor
helmutexner.de | harzkrimis.de

EINE KLEINE BITTE

Wenn es mir gelungen ist, Sie wenigstens für ein paar Stunden aus dem Alltag zu entführen, dann habe ich mein Ziel erreicht. Für eine(n) Autor(in) gibt es keine schönere Bestätigung als Leserinnen und Leser, die mit einem Lächeln das Buch zuklappen oder den Reader ausstellen. Natürlich würde es mich freuen, wenn Sie dieses Buch weiterempfehlen oder sogar die Zeit für eine kurze Rezension finden. Herzlichen Dank!

Ansonsten habe ich für Fragen, Anregungen oder Rückmeldungen rund um meine Bücher stets ein offenes Ohr. Schreiben Sie mir doch einfach oder besuchen Sie mich auf meiner Autorenseite oder auf harzkrimis.de. Hier finden Sie u.a. das gesamte Buchprogramm, Veranstaltungstermine, YouTube-Videos, Neuigkeiten uvm. Vielleicht lernen wir uns ja auch auf einer Lesung kennen. Meine Autorenkolleginnen und -kollegen und ich würden uns freuen.

Vielen Dank und harzliche Grüße

Helmut Exner

7. Aufl. 2022, 224 Seiten
Taschenbuch 12,5 x 19 cm
ISBN 978-3-96901-032-7
€ 9,95 (inkl. 7% MwSt.)
auch als eBook erhältlich

3. Aufl. 2014, 176 Seiten
Taschenbuch 12 x 18,5 cm
ISBN 978-3-936318-92-0
€ 9,95 (inkl. 7% MwSt.)
auch als eBook erhältlich

1. Aufl. 2012, 156 Seiten
Taschenbuch 12 x 18,5 cm
ISBN 978-3-943403-17-6
€ 9,95 (inkl. 7% MwSt.)
auch als eBook erhältlich

2. Aufl. 2020, 140 Seiten
Taschenbuch 12,5 x 19 cm
ISBN 978-3-947167-98-2
€ 9,95 (inkl. 7% MwSt.)
auch als eBook erhältlich

2. Aufl. 2018, 171 Seiten
Taschenbuch 12,5 x 19 cm
ISBN 978-3-947167-35-7
€ 9,95 (inkl. 7% MwSt.)
auch als eBook erhältlich

2. Aufl. 2017, 164 Seiten
Taschenbuch 12,5 x 19 cm
ISBN 978-3-943403-99-2
€ 9,95 (inkl. 7% MwSt.)
auch als eBook erhältlich

1. Aufl. 2013, 130 Seiten
Taschenbuch 12 x 18,5 cm
ISBN 978-3-943403-31-2
€ 9,95 (inkl. 7% MwSt.)
auch als eBook erhältlich

2. Aufl. 2019, 164 Seiten
Taschenbuch 12,5 x 19 cm
ISBN 978-3-947167-76-0
€ 9,95 (inkl. 7% MwSt.)
auch als eBook erhältlich

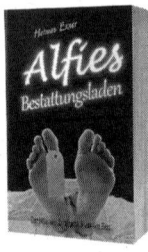

3. Aufl. 2020, 216 Seiten
Taschenbuch 12,5 x 19 cm
ISBN 978-3-947167-85-2
€ 9,95 (inkl. 7% MwSt.)
auch als eBook erhältlich

2. Aufl. 2022, 216 Seiten
Taschenbuch 12,5 x 19 cm
ISBN 978-3-96901-036-5
€ 9,95 (inkl. 7% MwSt.)
auch als eBook erhältlich

1. Aufl. 2015, 172 Seiten
Taschenbuch 12 x 18,5 cm
ISBN 978-3-943403-55-8
€ 9,95 (inkl. 7% MwSt.)
auch als eBook erhältlich

1. Aufl. 2016, 133 Seiten
Taschenbuch 12 x 18,5 cm
ISBN 978-3-943403-58-9
€ 9,95 (inkl. 7% MwSt.)
auch als eBook erhältlich

2. Aufl. 2019, 168 Seiten
Taschenbuch 12,5 x 19 cm
ISBN 978-3-947167-67-8
€ 9,95 (inkl. 7% MwSt.)
auch als eBook erhältlich

2. Aufl. 2021, 176 Seiten
Taschenbuch 12,5 x 19 cm
ISBN 978-3-96901-029-7
€ 9,95 (inkl. 7% MwSt.)
auch als eBook erhältlich

1. Aufl. 2018, 128 Seiten
Taschenbuch 12,5 x 19 cm
ISBN 978-3-947167-18-0
€ 9,95 (inkl. 7% MwSt.)
auch als eBook erhältlich

1. Aufl. 2018, 128 Seiten
Taschenbuch 12,5 x 19 cm
ISBN 978-3-947167-32-6
€ 9,95 (inkl. 7% MwSt.)
auch als eBook erhältlich

1. Aufl. 2019, 140 Seiten
Taschenbuch 12,5 x 19 cm
ISBN 978-3-947167-68-5
€ 9,95 (inkl. 7% MwSt.)
auch als eBook erhältlich

2. Aufl. 2022, 192 Seiten
Taschenbuch 12,5 x 19 cm
ISBN 978-3-96901-030-3
€ 9,95 (inkl. 7% MwSt.)
auch als eBook erhältlich

1. Aufl. 2022, 180 Seiten
Taschenbuch 12,5 x 19 cm
ISBN 978-3-96901-040-2
€ 9,95 (inkl. 7% MwSt.)
auch als eBook erhältlich

1. Aufl. 2023, 180 Seiten
Taschenbuch 12,5 x 19 cm
ISBN 978-3-96901-061-7
€ 9,95 (inkl. 7% MwSt.)
auch als eBook erhältlich

Helmut Exner & Danilo Hartung
1. Aufl. 12/2021
120 Seiten, zahlr. Fotos, 20 Karten
Hardcover, gebunden
14,8 x 21 cm, DIN A5 quer
ISBN 978-3-96901-024-2
€ 16,95 (inkl. 7% MwSt.)